藤重直彦歌集

目次

第一歌集　湖影（昭和五九年から平成七年まで）

遡る

帰るとき行くとき歩み異なりて日にち通うこの坂道を

秋霧のやや肌寒さ朝にして消えつつ空を行く鳥一羽

川に沿う歩みは多く遡る歩みとなりて流れにむかう

底ごもる声のひびくは水の上かいつぶり二羽浮かびいるのみ

少年の危うかりにしある時期のわれを一言いさめし母よ

母の背に負われて月夜野の道をたどり行きしは幻なるや

川の上の空を一瞬切りさきて関わりもなきものの過ぎゆく

暮れ方の軒端に母を放り上げ空は青しと言いにけらずや

昨夜《よべ》よりの危うき心つづきいて幾たびか見し夢に目覚むる

かがやかに雲間をもるる日の光しばし刈田の黒土にさす

行き行きて小鳥の声を聞くにさえ母なき後の安けさにあり

うつしみの声の一つぞ鳥が音は青き空より直接にくる

櫟葉《くぬぎは》はかがやく黄葉いっせいに梢を離れなお空をゆく

樫若葉

真昼間の光湛える雑木道いく曲がりして山ひとつ越ゆ

たどたどとか細き声は四十雀《しじゅうから》ふるさとならぬ山の道ゆく

いち早く喜びさわぐ樫若葉古きみどりの静かなる中

眼の上に芽吹く若葉はやわらかく風くれば光となりて騒ぐよ

嵐めく夜半の光に目覚めしも過ぎたることと朝の飯くう

音たてて不意にとびたつ木の上の鴉は大き口あけてとぶ

目覚めたるままにうつうつ漂えば鴉は闇にさまざまに鳴く

ゆるやかに確たる量をなしてくる川ひと時も止まることなし

深ぶかと川もみどりに色づきぬ空とぶ鳥は点景にして

朝の野

中空の一部分のみあからみて曇れる朝や低き森のうえ

日をあびて直立つ稲の青々と一葉一葉に水の玉もつ

白鷺の或は木にあり田にありて夏の朝の時のすぎゆく

朝の野に立ち上りゆく煙見ゆあら草を焼く人のちいさく

睦みあう鴉よ朝の野にきけば堪えがたきまでその声徹る

何見んと小雨の朝を出で来しや黄に濡れわたる峡の田に立つ

ひと度は晴れし朝霧また湧きて峡の田はただ眼の前の黄

丈たかき紫苑は花の季ながく妻の怒りのいつか和らぐ

整然と

整然とさざ波の立つひと処広き川面は動くとも見えず

ひしめきて鬩《せめ》ぎあいつつ舞うかもめ中に鋭き声のひびける

雑《あら》草の焼かれし臭い残りいる浅き瀬をゆく水ひかりつつ

暗闇にびらびら葉裏かえしいるこの街路樹はまだ幼かり

水減れば堰《せき》の下手に波たたず見えいる底の石黒くして

乾上がりし河原に降り気づくまで砂礫《されき》のごとき蜷《にな》踏みていつ

朝からの曇りはいよよ濃くなりて方位感なき空に舞う鳥

野の道に朝出会いし犬二匹午後また川の堤にて会う

稲架

若者を中にして稲を扱ぎてゆくまだ稲架をくむ山中の田に

山に来て嘆きはかえる山や野を厭いて父に学ばざりしよ

凄まじき朴の落葉よ山道に椿事ありたる如くに敷ける

迫りたる山の紅葉のくすみつつ光らぬ川の橋わたりゆく

対岸に憩える人等おのがじし立ち居する中犬の仔もいる

水鳥の軍艦のごと進み来る凪ぎたる川面今のうつつぞ

雪

朝しばし降りたる雪の消えにつつ畦の枯草暖かきが如

家出でて枯れ野の中の道をゆく澄みたる空の青極まれる

空あおき堤を来れば河原のほそき流れは傷のごと見ゆ

雲降りて日ざし陰れば堰の下ひろき川面の光うしなう

頬白

一瞬に過《よぎ》りゆきしは何の影遥けき声の静寂《しじま》に生るる

声たてて散り乱れたる頬白のすばやく空に象《かたち》をなせり

ひと色の畦の枯草寒風に吹かれおりみな軽き音たて

鮮《あざ》らけき彩もて梢にさえずれる頬白は地に汚るるなけん

黄の花の蝋梅しるく香にたつを葬の庭に帰りきて知る

春風ならず

先駆けてさく垂り花の穂の暗く水の辺にたつ山榛の木は

水の上の垂り花ゆらし来る風の花わたり来る春風ならず

山茱萸《さんしゅゆ》の花こまやかに耀《かがよ》いてその黄は園の曇りに滲む

木蓮の花落ちて木の捻れ見ゆ厚き花びらまだ新しく

谷に沿い下る若葉のなかに咲く辛夷《こぶし》の花は盛りすぎたり

生きものの群れいる如き耀いの光を放つ金雀枝《えにしだ》の花

ひっそりと若葉の陰に居し鳥を時鳥《ほととぎす》と知るその夜にして

断言

解き放つことの難きよ口ごもり赤面恐怖の男にむかう

付き添いの妻も泣きいる人を前に断言ははや偽りめける

当直につづきて一日励みたる身に夕風のしみて清しき

虎杖《いたどり》を吹きゆく風の優しくて何かひもじく電車まちいる

惚然とバスに居るとき夜の川ぬれぬれとして光をかえす

棺

いつしかに葉はととのいて静かなり白き花朴一樹まぎれず

水底の如くしずけき杉林われも一樹の杉となりてたつ

山深くえごの白花咲きおりておののき易き身のしずまれる

棺の中の前歯の欠けし父の顔物体としてつねに迫りく

うつつには谷の卯の花清らにてかたえの畠に老ひとり居る

ほのじろく続く山路のさみしけれ若葉の上に日は耀いて

やわらかき葉の陰にして三つ四つほのかに咲けり沙羅の白き花

夕澄める光のなかに艶めきて沙羅の樹のそのときいろの肌

ほんのりと落ちて地に敷き夕かげに憩えるごとし白き沙羅の花

壁のごと

壁のごと幹立つ柳おりおりは岸辺あゆみてその幹に寄る

みずうみに水みちしかば開け放つ堰すぎて流れは流れを追える

明けてなお靄はれやらぬ空に鳴く鴉の声は天よりの声

白蓮の一樹の蕾冴えざえとわれは喪服に身をつつみゆく

あたらしき街にも人は移り去り残りし家の表札かわる

地下道を出ずればいつか春の雨湿れる風は身を包みくる

冬なみに乗りつつ岸を離れゆく水鳥いくつわが寄りゆけば

川の上の風はさみしも橋に立つわれを吹くとき風の音がす

二羽三羽進みて川面やさしかり小さき波のおのずと生るる

ぎこちなく

春となる朝靄のなか日輪は真近かくにあり歩みゆくとき
山茱萸の早く咲きたる黄の花の今日も輝くわが庭の隅
湖岸に咲きいるさくら吹く風に舞う花びらのさざ波となる
一面のさざなみ遠く靄に消え岸のさくらは空に散り交う
人気なき山に遊びてあおだもの仄かな花の盛りにも逢う
行き行きて思いはめぐる若葉森身は恥として曝されてあり
葉の陰にひとりぼっちでいる鳥のおかしさ時に頚をかしげて

うずくまり生きの苦しみ訴うる老女の生に関わらんとす

ぎこちなく距離おきて庭を帰りゆくこころ病む子とその母親と

いくばくか病む子が金をくれたりと語る母親泣き笑い顔

枝折れて咲きいし花もいつしかに今深ぶかと葉桜の季

挑みゆく

鳥が居て羽根を動かしているのみに空の一角が立体化する

両岸のあら草刈られ整えば常なる流れ暗渠《あんきょ》にむかう

六月の山に日がさし澄み透る木々のみどりが近ぢかと在り

臆しつつ幾たり人に会いたりと一日の嘆き一日にて終わらず

朝より吹きしないつつ百日紅二階の窓に冴えざえと散る

わが犬の朝毎われを呼ぶ声の馴染むはわれの馴染みゆくにや

いきいきと葉陰の虫に挑みゆく老いたる犬よ小さき草むら

当然のごと

一つ言葉にとらわれ惑いくるものよその夜はわれも惑いつつ寝る

割り込みて叫喚の声となる少女どこかに荷物が引っ掛かったらし

鎮めんと陸橋にたつゆうまぐれ今の思いは私ならず

うち連れて木下をあゆむ聖家族一夏のとおき想い出として

夏の日の終わらんとする夕べにて岸の母子の愉しげに見ゆ

かいつぶり何処の水草に隠れしや浮かぶタイヤは波のまにまに

ここにして家あれば犬は当然のごとも帰り来黙々として

形骸

ゆりかもめ黄の嘴《くちばし》を突き出だし得意げに見ゆ風にのりつつ

百日紅夏は競いてしないたる枝ことごとく切り落としゆく

わが庭にふさわねど黐《もち》の紅き実がぎっしりと生り日を弾きいる

一年にのびたる柔きかいずかの青枝を切る抱くごとくして

ここにまた散り敷く朴の枯落葉大き葉はまさに形骸として

雀かとしずかにわれの見ていしは風のなかなる枯葉ふた片《ひら》

乱れつつ岸に寄りくるさざ波の日あたる処日かげる処

川中に水潜りいるかいつぶり日暮れてもなお其処に居るのか

時じくの艶めく青葉散りしける暗き山路を二人して行く

かすかなる声というとも巡りゆく空間ひたす小鳥も虫も

餅やわらかし

歳晩の出店の屋台に売られいる餅やわらかし手触れたるとき

愚かさを知るゆえ家を出でしとは言うべくもなし母なき後も

疎かに生きいるわれや嘆きつつ亡き母を夢に見ることもなし

上の子も下の子も弛む日のつづき三月に入り再び寒し

三椏の蕾は今日もあらわにて何かおかしきわが庭の春

中空に浮かぶ幽かな雲ありて見つつし行けば色滲みくる

説き止めて沈黙の時ただよえば危うく萌す意識下の何

振り返りわが見たるとき思ほえず静かに笑みを返しくれたり

黄の花

春寒き園に出できてしばし居り憩わんとするわれにもあらず

澱《よど》みたる日々を行かすと巡りゆく黄の花のさく枯木の園を

山茱萸の黄に輝ける空の花仰ぎゆくとき尚し輝く

まんさくの黄に反り返る花びらは神のごとしと思いつつ去る

湧く如く散りくるさくら限りなし身はさながらにその中にたつ

憩うともあらず茶房の椅子にあり窓に今年のさくらがふぶく

落椿山路になおも赤くしてよぎり行くとき不安の萌す

汗あえて岩による時光りつつ芽ぶく梢は万山ひたす

山の霧

山にきて惜しまん花のなごりなく天近ければ放たれていつ

山の霧山を閉ざして流れゆく親子の行きのたどたどとして

連れ出して何を言わんか霧の中同じ苦しみ持ちいしからに

この日頃とげとげものを言いいしが子は北指してはや帰りゆく

地を嗅ぎて忙しき犬よ朝の日をともに浴びつつわれは羨しむ

犬の呼ぶ声に醒《さ》むれば身のたゆく眠りの浅き夜の続くぞ

響き合う空間は其処に在りながらわれを隔つるその響きゆえ

沈みいるわれと関わりなしと言えど黄に照る月の温かにして

明け切らぬ空の妖しさ距離感のなき雲かすかに移りゆきつつ

白萩

熱のある身を預けいて地下鉄の歯切れよき音しばし愉しき

白萩のわずかに咲ける夜の庭免るるなしわが負う罪は

放埒に生きて来しとは思わねど幻にたつ野に焼けし顔

怠れば家うち何か澱みいて漂えるものわれのみならず

霧雨のなかに一声鳴く鴉目覚めはすでに陰をともなう

朝まだき街路にあそぶ小さき鳥驚きやすく枯葉をはしる

木にありてかく枯れいしか夜の内に散りし落葉が音たてて崩ゆ

とりどりに色鮮やかにありしかど桜落葉のひと色となる

雨やみて残りし風は夜もふき街路樹の葉のぽこぽこと落つ

朝あさにバスに乗り合う少女にて項《うなじ》の傷のようやくに癒ゆ

空隙の時と言わんか延着の電車を待ちてたたずむ間は

後姿

夕靄のなかシェパードに牽かれゆくひとの美し橋より見れば

常よりも尚しなやかに階段を駆け上りゆく後姿の見ゆ

外人がもくもくおかき食べおりて柔らかき香の漂う車内

吊り革を執る手の一つ清しけれ手話をなす手と知るゆえならず

朝焼けの痕なく消えて光さす空となるとき部屋暗くなる

日陰りて鈍く光れる川の面ひと方に向きさざなみ走る

頚をのべ何か見ているかいつぶり不意に潜りぬ生きもの故に

先頭が曲がれば即いて曲がりゆく鴨のひと群また曲がりゆく

確かなる形をつらね来る波らひろき川面にいま力充つ

反照

輝きを放てるものの一つにて二月の庭の黐《もち》の紅き実

山茱萸の咲ける小さき黄の花がただに輝く寒けき空に

凛として咲く紅の木瓜の花開かんとする蕾もいくつか

さわだてる水の反照遠くのびわれの歩みにつれて移り来

雨靴の汚れを言いて笑いつつ身を屈めゆく少女のごとく

春となる空に浮かびて日輪は光るともなしゆらゆら昇る

素っ気なくあしらわれたればわれになく搦《から》みゆく酒に酔いしにあらず

群として

驟雨《しゅうう》降る広らなる湖対岸のたかき山並かすかに見えて

岸の辺のわれに驚きとびたてる鴨の一群空にみだるる

わらわらと水に降りつぎ鴨の群静かになりてまた岸による

群としてしきりに何か啄《ついば》める鴨の幾つか色あざやけし

無の時を救わんとしてみずうみに群れ浮く鴨の走る時折

透明にかがやくさくら身に浴びて仰げるわれの何に寄れとや

花さわぎ明るむ昼をこもりいてわれの嘆きは何にかかわる

夕ちかく雨やみたれば空の下清らに澄みてさくら華やぐ

木いちご

迷い入りしごとく切なき声に鳴く鶯一羽庭移りつつ

乱れふる雨をゆうべは怨みしが紅の蕚《がく》光りすがしき

呼びかくる声聞こえぬか庭隅に背を曲げてたつわが犬老いぬ

門口に尿して直に入らんとす生きものは老いて楽しみあらず

坂を折れ下ればのぞくわが家を心やすけく見るときのあり

遠く住む子の声ときに呼びだせど言葉はいつも同じ断片

花の季すぎて静けき園ゆくと桂若葉のくれないそよぐ

葉の上に幾つか残るやまぼうしなお鮮やけき白を保てる

卯の花の幼き一樹見いいだしにわかに親しかたえのなだり

せかせかと動きてえごの花を攻むる何の虫かや花を抱きて

やや深き境に入りてなだりには雲の浮くごと小紫陽花さく

直ぐたてる杉の根方に群がりて咲く小あじさい花のひそけし

木いちごを採りて含めばつぶら実の猥りがわしき弾力をもつ

芥うく湖のなぎさに波のよせ幼子ふたりただに歩める

みずうみの水平線のはるかにて意識のおくに対岸がある

ばっさりと斬られて雨の庭にたつ紫陽花の茎清清しけれ

梅雨のあめ晴れたる一日園の空緑の息吹き整わんとす

わが思いと関わりなしに歩みだすかたちよき脚何を思える

かなしき空

道に立ちもの言う人の声ひびき黄昏どきの湖の懐かし

中空にあやしき雲を残しつつしずかなる湖夕暮れてゆく

湖岸の際までせまる稲の穂の夕もやの下ときおりそよぐ

清らなる少女のうたう恋歌の耳底に鳴りわれのあやうし

朝焼けのかなしき空は夢のごと再びわれは眠りに入りぬ

頭を垂れて

清らなる声は嘆きをともないて迫ればわれの胸のくるしき

頭を垂れて神を呼びたることありと言うとも遠き若き日にして

風の日の湖の荒れつつ寄る波の川口を過ぎてさざ波となる

暗闇のなかから萌えし朝焼けの山々の端に消ゆるまでを見つ

少年の川の真中をゆくカヌーゆりかもめの群ゆれつつ見おり

ひとしきり連なり川を逆のぼる鋭き波の見るまにくずる

陰として在りし川の面日の照りて命もつごと緑をおびる

秋の雲群れ重なりて移りゆく高きは白く澄みてかがやく

目覚めたる窓を閉ざして深き霧遠くに犬の鳴く声がする

堰ひとつ開かれていて水は落ち激ちて白し日陰る川に

釣り人の数少なしと見るときに一人が所在なき所作をする

岸の辺の電話ボックスさびしくて曇り日の川ぬめぬめとゆく

鮮やかに色づく櫨《はぜ》の細き葉がさざ波のごと川面にそよぐ

量感

岸に立つわれを意識し動かざる一羽の鴨がつい其処に居る

けじめなく曇れる空の下にある波しずかなる湖の量感

釣り人のいぬ川岸に降りゆけば騒ぎちりゆく鴨の一群

山の端に日は入らんとし対岸の櫨の紅葉をひときわ照らす

瀬の音の一つ響きの続きつつ水面はいつか陰りていたる

夕づきて光乏しくなりしかば川面の襞のありありと見ゆ

舗装路は冴えざえとして冬の日の人影のなき湖にしつづく

漸くに雲きれて光さだまりぬ水清らなる冬のみずうみ

さわぎつつさざ波走る湖の面橙色のブイひとつ浮き

ゆりかもめひたすらに舞うひと時の優しき思い湖の辺《へ》にして

花びらの吹かるるごとく舞うかもめ風景のなかに一瞬消ゆる

湖ちかき山にかすかに雪つみて光澄みつつ夕暮れとなる

身は冴ゆ

みずうみの渚にそいて冬の道ひっそりと波の音のきこえず

ゆりかもめ舞う空間の光りつつみずうみ既に春の気配す

舞い終えてゆりかもめの群ゆっくりと湖に降りゆく思い思いに

清らなる渚にのぞむ家いくつ湖の光はまだ寒くして

向きかえてさざ波はしる湖の面遠くはただに茫々として

透く水の波となりつつ寄せて来て砂に消えゆく静かなる湖

雪のこる高き山並仰ぎつつ帰りゆかんか身は冴えゆける

波あらき湖を覆いて動かざる一面の雲恣いままなる

空に浮く日は淡けれどみずうみは色深めいるやや盛り上がり

ゆりかもめ今日は少なく春めける湖の光のなかにゆらゆら

くっきりと水平線の見えわたりその彼方春の雪山があり

春となる雨の日曜みずうみを望む窓辺に病む鳩が寄る

島に住む少女と言えり春の日の祭りの縁ほがらかに笑む

開けくる

寒き日の続きて空に咲き盛るさくらの花のいよよ澄みつつ

桜さく岸の華やぎゆりかもめ流れの上をしげく行き交う

菜の花の黄の群立ちのかがやきが野を統べている春窓を過ぐ

展けくるみずうみ春のうすら日に鈍く光りて異界かと見ゆ

おのずから互いに一人を笑いつつ春まだ寒き石段くだる

臭気つよき渚にひとら憩うとき煌めく波は春のひかりぞ

渚にははや騒がしき楽が鳴り春のみずうみ雨降りいずる

乗りつぎの電車待つ間の二時間を山間の田の風に吹かるる

珍しき声にしきりに鳴く鳥のいずこに潜む田中の木立

狭き田を植うると少しずつ動くかがめる老は俯きしまま

行きずりの者として一人ゆくわれや風は植田の苗を吹きゆく

道に沿う小さき流れ両側のコンクリートの白じらとして

貫ける道路のわきに軒ひくき雑貨屋がありテレビがのぞく

みずうみの町のひそけく時をおき無人の駅の警報がなる

苗そよぐ田圃より水の流れ入り少し濁れる五月のみずうみ

はるかなる植田はあわき緑にて続きに青くみずうみ光る

あわてて

つゆの雨あがりし湖の凪ぎわたりなにか優しきものの漂う

国土を覆いてみどり艶をまし静かにそよぐ梅雨ぐもる日を

ぬかるめるあぜ道をぬけ釣り人の湖岸にくる梅雨の晴れ間を

みずうみの広き静寂《しじま》に漂えるかいつぶり波にまぎれて消ゆる

岸により見下ろす時にたゆたいてみずうみの水柔らかと思う

岸の辺の柳が風にしなう時あわてて一羽小鳥とびたつ

時折に日の差しくればみずうみの波愉しげに光をかえす

中空の雲をみせつつ花火消えみずうみの上音がとどろく

緑には濃淡あれど吹かれつつ稔らん前の豊かなる季

なお明けぬ梅雨の曇りにみずうみは霞みて渚騒がしからず

色づかぬ稲に晴れ間の風がふき光とぼしき夏逝かんとす

幼のみ一人覚めいて遊びつつ電車を待てる晩夏の家族

雲ひくく

沈鬱《ちんうつ》に静まる昼のみずうみがコスモスの花みだるる先に

陰りいる湖の面時の感じなく岸辺に生うる芝やわらかし

人は来てしばらく憩う雲ひくくみずうみの水輝かぬ日に

相呼びて湖の面をゆくかいつぶりある処より引き返しくる

雨の日の多かりし夏終わりしが尚曇り日のつづく野の上

ひと時と思いて人ら木の陰にたちて見ておりしぐるる湖を

初めてのしぐれに濡れて野の道は露けくひかり彼方に続く

逆光のなかに朧な影となり鴨の群れいるにごりたる湖

にごり波よせて渚に集まれる水草わずかみどりを保つ

刈られたる野ずらは常のごとくにて只に広がり安けさに似る

おのずから動く幼をまじえつつ糸垂るる人ら風景と化す

湖沿いの道

ひらひらと傘さして行く少女二人時雨の去りし湖沿いの道

幾たびかしぐれの雨に洗われて野の道ひんやりと冬に入りゆく

夕づけるみずうみの上に流れ来る煙まさしく紫に透く

みずうみの辺《ほと》りの小さき集落がひととき明かる残照のなか

群れなして浮きいる鴨ら巡り行くわれとの間を読みつつ離る

のどやかに群れいる鴨に距離をとる一羽の川鵜その長き頚

岸の辺に色づく櫨の一樹のび曇り日ゆえに暗く見えいる

秋くもる野の道不思議と明るくて蝗《いなご》の骸などが転がる

融雪の装置を今日は確かむと湖沿いの道ぬれて明るし

みずうみの空をはずれて翔りゆく三羽の鴨の躊躇《ためら》い見せず

迸《ほとばし》る声の身にしむ雪の日の彼方の湖に鳴くかいつぶり

幾日か酒に乱れて苦しみしわれの見ている雪きえし湖

原色の防寒衣に堅く身を包み人らみずうみに糸垂らしいる

きらきらと釣り上げられしわかさぎのはや生ぐさき臭いを放つ

暮れ残る雪を背にして湖岸になお幾たりか釣り人動く

雲の間の茜もはやく暗みゆき妖しき湖の上の空間

頚をたて

雪雲が寄りきて空を閉ざしゆく湖の面小さき波のざわめき

うっすらと雪つみしゆえ高山の鮮やかに見ゆ立体として

風さわぎ乱るる湖をすすみゆく鴨の一群みな頚をたてて

雲きれて没り際の日のさしくればひと時暗く輝くみずうみ

絶えまなくみずうみを吹く寒風にただ波に乗る優しき鴨ら

粉雪のふぶき積みゆく湖岸にしなやかにして靡《なび》く枯草

低き声発してつつと寄りゆくは番いの鴨か群を乱して

怖れなく渚に一羽浮かびいるゆりかもめ故去りがたく居り

白鳥の帰りし湖のなお寒く枯葦の間にひそみ居る鴨

水嵩の増して溢るる湖岸にしぶく寒風春ならんとす

次ぎつぎに枯葦群をぬけてくる波は岸辺を打つとき激つ

光るもろこ

川の面を見下ろす寒き梅園に白梅いくつ蕾の小さく

色あせし花びら保つ紅梅が寒けき園にごつごつとたつ

きららかに光るもろこを笊《ざる》にのせ持ちくる湖の端《はた》の昼時

埋みいし燠に新炭つぎゆきてもろこ焼く火のようやく盛る

口中にもろこ酢の香のにじみゆく寒さきびしき湖岸の昼

雪きえし渚の砂のさえざえと静けき湖にひかりみなぎる

朝から曇れる空のつづきいて夕べの湖にあらき波たつ

雪のこる山並の上澄みわたりなだりは広き湖へとつづく

雲を分け日の差しくれば暫くは鴨を浮かばせ眠るみずうみ

悲劇の声

城跡の高きより見るみずうみの滲みて岸の桜うるめる

みずうみの静寂にいつか現われて船が柳の岸によりゆく

直接に水より出でて柔らかき葦の新芽のみどりが並ぶ

みずうみの空ひろやかにひと処暗みてはしる春雷やさし

帰らざる鴨一番睦みつつ五月の空を飛ぼうともせぬ

山裾のなだりに水を湛えたる植田はみどり一面に映ゆ

浮島の木草のみどり爽やかにめぐりに折々白き波たつ

湖岸の葦叢《あしむら》の中鳴き騒ぐよしきり悲劇の声にはあらず

刻々に

うち続く青田の中のある処高き一樹がたちて野を統ぶ

梅雨どきの雲というとも刻々に移りつついて光る時あり

果てしなく広がる青田ぐいぐいと雲なだれ来て緑がゆらぐ

みずうみの空にのびいる確かなる橋ありて絶えず車が続く

蒼葦の間は砂のなぎさにて波のむこうは只にかすめる

身心は脱落といえみずうみの遥々しさに人の恋しき

みずうみを渡りくる風ひとしきり憑かれたる如勢いてくる

温かきいろを帯びつつ一段と稲田のみどりかがやき放つ

輝ける稲のみどりに囲まれて静けき家の屋根屋根が見ゆ

渇水

一方に靡きてそよぐ葦叢のはやも枯れゆくこの夏の日に

日陰りて質感のなき景となり水減りし湖まさに死にたり

絵の具など塗りたるように藻の類がはびこりいたり渇水の湖

鉄錆びしごとき石塊露出せるなぎさに浮かび残り鴨たち

一団の白鷺立てり水涸れて荒れたる湖の浅き処に

見えいるは濁れる湖の藻の中をひたすら動くかいつぶり二羽

一夏にみるみる荒びゆきし湖生あるものの荒びのごとく

秋づける光のなかに痛々し水涸れし湖岸の荒れいて

漸くの秋

漸くの秋の一日の曇りつつ島影こめて凪ぎわたる湖

曇り日の凪ぎわたる湖岸遠く鴨の群るるにいまだ少なし

秋の日の凪ぎたる湖に浮かびつつ眠りいるごと遠き鴨たち

飛来せし雁の一群山下の池に移りてひとを避くるとぞ

羽搏きて水散らしいる雁いくつ木立を透きてわずかに見ゆる

晩秋の曇りの空の重くして湖の面にたつ波を圧しいる

重々と曇れる湖をすすみゆく遊覧船の運びいる時

一色となりたる湖を限りつつ瞬く明かり遥かにつづく

白鳥

湖岸の木立の間にほの見ゆる白鳥のむれ声太ぶとし

愉しげに餌を漁りいる白鳥を見つつ行く岸の雪踏みながら

広びろとしぐるる湖の岸近く餌を漁りつつさわぐ白鳥

漁りつつ時折ひらく白鳥の大いなる羽根水面にうつる

飛ばんとし勢いつけて飛び立てる白鳥三羽伸びやかにゆく

渡りきて波静かなる湖に群れさわぐ白鳥わが前にして

みずうみへ吹き入る風のはや寒く光りいし波ちりぢりとなる

おもむろに戻り来し鴨ひっそりと渚を啄みながら歩む

枯れし藻の臭う湖の辺湛えたる夕べの光りすでに寒けし

すがすがと枯れし葦叢かるやかな音を響かす渚の空に

西日うけ輝きていし雲をつつみみずうみの上雲が犇《ひし》めく

水漬ける柳の木立黄に枯れて湖岸の空ほのぼの明かる

冬の日は澄みたるままに夕づきて淡き茜のみずうみの空

輝きまして

ともしびは輝きまして水の面にゆらめき冬の湖のうるおう

中空のはだら雲よりしぐれ降りみずうみの上ゆらゆらと鳥

葉の落ちし柳の木立影のごとかがやく湖があらわに見ゆる

枯れ枯れの浮島の砂に眠りいる雁の群冬の湖のかがやき

餌をもとめ陸に上がりし白鳥の群れついまだ土に汚れず

青天のひくき処を移りゆく白鳥のむれ人を逃れて

飛び立ちし白鳥のむれ熱き声空に残して帰りゆくとぞ

遮れるものなく冬の日の差して光りかがやく湖の清けし

水の辺にわずかに残る枯葦のひかりを浴びて自在にしなう

遠山の雪

日陰ればまだ肌寒き春の風四十雀きて梢にさわぐ

ボート止め四人が何か話しいる声のきこゆる寒き岸まで

朝から霞める空に見えている稜線の雪景をひきしむ

みずうみのめぐりに浮かぶ雲の群濃淡の差の限りなくして

遠山の雪のかがやき帰るべき鴨まだ群るる春のみずうみ

寄せてくる静けき波のにごりつつ渚の芥春の匂いす

遥かなる稜線すでに雪の消え野は潤おいて来る日々をまつ

流れゆく川の真中に群がりてひと休みしているゆりかもめ

花冷えの日の暮れんとしやや鈍き透体となり流れが光る

咲きみだる桜の花をめぐりつつ木々の芽立ちの緑ひしめく

見下ろしの田の面は春の雨にぬれ幾代か経たる整いをもつ

南風

梅雨に入る鈍き光の湖の荒れ渚の波に砂のうずまく

北遠く嵐となりて梅雨ぐもる湖をはるばる風わたり来る

ひたすらに南風吹くみずうみの波ひかりつつ騒がしからず

薄日さすみずうみの辺に幾たりか描く人いて色のさやけさ

昨夜ふりし激しき雨に曝されて渚はみだる夏の日の下

灼熱の夏日の下にみずうみは暗く鎮まる森を背にして

ものの影

遥かより見るものあらん漸くに夏日の続き稲の黄ばむを

暮るるにはまだ間のありて夕立の去りしみずうみ色あらたまる

やや荒き波の立ちつつ曇りとも分かず暮れゆく逝く夏の湖

湖岸に半ば枯れたる葦叢のしどけなし昼の風なぎしとき

ものの影まだあきらけき対岸に点りし明かり光増しゆく

浮く雲のしだいに空に紛れつつ広らなる湖暮るるともなし

秋の日

めずらしく湖の彼方の遥かなる岸が見えビルか何かが霞む

秋の日の晴れし一日の終わる頃みずうみ深き藍色となる

立つ波のすでに見えなく暮れゆきてみずうみはただ暗き一塊

彼方から藍ふかまりて暮るる湖風に乗りつつヨットが帰る

穏やかな秋日がつづき収穫の終わりたる野の寛がんとす

滑らかに水の面をゆくゆりかもめかるがると又空にとびたつ

鎮まりし広きみずうみ雲間より差す日に渚まだ暖かし

第一歌集に寄せて跋永田和宏

藤重直彦氏がいなければ、いま私は歌を作っていることはなかっただろうと思う。

大学一年の秋、「京大短歌会」旗揚げのポスターを見て、ふらふらと当時の同窓会館「楽友会館」に迷いこんだのが始まりだった。三高時代からの建物で、入口の踏み石は中央が窪み、部屋の床は黒光りがするほどに使い古されて、ぎしぎし鳴るような建物であった。

部屋には藤重さんがひとり座っていて、最初の新入りを見つけていかにも嬉しそうだった。「高安国世を知っていますか。塚本邦雄はどうですか、寺山修司は？」などと、ぼそぼそと話は続いたが、高校でわずかな近代歌人の作品を読んだだけの学生には、もとよりそれらの名前は知る由もなかった。

当時の学生短歌会は、前衛短歌の影響もあり、作品も議論もあまりにも難しすぎた。おまけに長く歌をやってきた学生が多く、学生短歌会というにはやや薹が立ちすぎていて、話の内容は高等にすぎ、私にはほとんど理解できなかった。三ヶ月ほど出ただけですっかり嫌気がさし、短歌会から足を洗ってしまったのだった。

何ヶ月か経ったころ、不意に藤重さんから電話があった。もう一度だけ出てみないか、と言う。その言葉につられて「もう一度だけ」足を運んだおかげで、今も、こうして歌に関わることになった。こんなふうに藤重さんの歌集の跋を書くことになろうとは想像だにしなかったが、いま思い返してみると、あの一言ほどその後の私の人生を大きく左右した言葉は、なかったのかも知れない。

藤重直彦氏は、私より十歳ほど歳上になるのだろうか。当時は医学部のインターンだったと思うが、結核で療養していたことがあって、卒業が遅れていたのだと思う。その療養中に、誘われて「塔」に入会したのだということは、ずいぶんあとになってから聞いたことだ。

当時から今にいたるまで、藤重さんは一貫して変わることなく、ぼそぼそと消え入るような声でしゃべる。多くの知人友人のなかで、これほど含羞の情の強い人間を見たことがない。彼が自己主張をしたことがあっただろうか。思いだそうとして、ついに私には思い当たる場面がないのである。

この歌集『湖影』の「あとがき」に見られる、つつましくさえある抑制は、改めて私が何も言わなくともそのことを如実に語っているだろう。

親からの遺産をつぎつぎに使い果たしキルケゴールは路傍に死せり

「塔」に入会してしばらくして覚えた藤重直彦の歌である。最初に覚えてしまったことによるのだろうか、藤重直彦と言えば、まずこの歌を思いだしてしまう。学生時代の若書きである。もちろんこの歌集には収められていないが、この歌には、療養生活を余儀なくされていた当時の藤重直彦の精神状態を彷彿させる何かがあって、私には藤重さんと分かちがたく結びついてしまっている。断念の思いの強い歌である。ひょっとしたら、私の思い違いのフレーズや言葉遣いがあるのかも知れないが、いまそれを確かめようという気にはなれない。誰しもそんな自分が勝手に覚えてしまった形の歌が大切にあっていいのだと思う。

藤重直彦は、京都大学医学部の精神科を出た、精神科医師である。

付き添いの妻も泣きいる人を前に断言ははや偽りめける

ぎこちなく距離おきて庭を帰りゆくころ病む子とその母親と

精神科という診療科は、まことに人間と人間との精神のぶつかり合う場である。時には憎悪や殺意にまで発展する人間関係の緊迫した場であると聞いている。そのような場に、日常の生活を置いている作者であれば、歌う素材には事欠かないと、俗人は考えるのである。しかし、藤重さんの歌には、職業詠としての医師対患者という歌はまことにわずかしか存在しない。

損得で言えば、そういう特殊な場の効果をできるだけ生かして、個性のある歌を作りたいと誰もが思うことであろう。私も実際藤重さんに、せっかくそういう濃密な人間関係の成立する場にいるのだから、いわゆる職業詠をもっと作ったらどうかと奨めたことがある。しかし、彼はついにそのような職業の歌、人間関係の歌は作らなかった。頑として作らなかったと言ってよい。先に、含羞の情強く、自己主張が少ない、と書いたが、実は、自己規定の強さにおいて、あるいはまた断念の強さにおいて、とことん頑固で揺るがない側面を強く感じさせる人間でもある。

そのことをもっとも強く感じさせるのは、歌われる対象と、その対象を歌いとる方法における一徹さである。歌集『湖影』は、藤重直彦の最初の歌集であるが、一巻のほぼすべてが自然詠と言ってもいい作品群からなる歌集というのは、現代においてはきわめて異例のことに属するだろう。わけてもこの歌集に歌われる風景は、ほぼすべて湖岸の景である。湖とは、作者が近く住む大津、琵琶湖である。

みずうみに水みちしかば開け放つ堰すぎて流れは流れを追える

みずうみの水平線のはるかにて意識のおくに対岸がある

けじめなく曇れる空の下にある波しずかなる湖の量感

くっきりと水平線の見えわたりその彼方春の雪山があり

みずうみの町のひそけく時をおき無人の駅の警報がなる

ほとんどのページを開いても湖の歌にであうような一冊である。佐藤佐太郎の影響を感じさせるが、表現に殊更な工夫があるわけではなく、湖の違った顔をとらえて歌おうとするわけでもない。むしろ平凡な湖のたたずまいをさりげなく写し取ろうとしているようにさえ見える。これだけ繰り返される湖の景であるが、それらを読みつつ、私は不思議に退屈を感じることがなかった。琵琶湖は私のふるさとである。そんななつかしさもあるのだろうか。しかし、たぶんそれだけではないだろう。

藤重さんの歌う湖は、いつもそこにあるということ、そっと作者に添うようにただ存在していること、そのことそのものに価値があるかのような存在である。湖を眺め、湖に添って歩き、湖の彼方にあるものに思いを馳せる。あたかも湖そのものが、一人の人間の精神であるかのように、それは作者の中に、いつも静かに存在しつづけるようである。それらは、慰めや安心感といったものよりは、いまやもっと藤重直彦の精神そのもの、存在そのものなのかも知れないとさえ思うのである。

憩うともあらず茶房の椅子にあり窓に今年のさくらがふぶく

きららかに光るもろこを笊にのせ持ちくる湖の端の昼時

懐かしい風景と、その中にいる人間の息遣いのやさしさを感じさせてくれる歌である。藤重さんの歌には、厳しい風景、作者を刺す風景はない。風景は、特に湖は、常にやさしく、なつかしい表情を帯びている。それはまた、それらの歌を作る人間に寄せるなつかしさでもあろう。湖とともに静かに立っている寡黙な存在のたたずまいを信頼できると思うのである。

『湖影』というタイトルからも暗示されるように、作者はいくばく負性に傾いた性癖をもっているように見える。風景へむけられるやさしいまなざしからは、ただおとなしい温和な一人の歌人像が強く印象されるかも知れない。しかし、読者はこの歌集を読みながら、作者のもう一つの強い思い、己の負性を強く意識するゆえに、抑えた言葉の裾からかいま見えた、吐き捨てるような自己省察の言葉にも何度も接するはずである。敢えて、それらを引用しないが、藤重直彦という複雑なひとつの個性を味わいながら読んでいただきたいものと願っている。

歌を始めて三十数年、私の歌のもっとも初期から身近に関わってきた大切な一人の歌集の跋を書く機会に恵まれたことを、ありがたいことだと思うのである。

第二歌集　黄に明る（平成七年から平成十三年まで）

描きかたち

晴天のつづけば湖の水の涸れ深まる秋の愁いのひとつ

水涸れしみずうみにはや渡りきて鴨ら浅きに群れつつ漁る

驚きてひととき空に羽ばたける鴨の一群描きかたち

放射状に散りゆく鴨の幼かり川面は秋の静けきひかり

一夜あけ清しき光戻りきぬ盛りなきままかがやく紅葉

裸木の鋭き気配もつからに雁は遠くまぼろしに見よ

岸の雪踏み分けて行き真近くに見し白鳥のまぼろし残る

雪

雲を透き日の浮かびいてかすかにも雲は流るる雪の野の上

なだれたる如湖岸に積みし雪そのままに在り水に漬かりて

渚まで積みたる雪に群がりてゆりかもめ凍みる湖を避くるか

波立たぬ鈍き湖の面放りたる雪のつぶてがしばらく残る

おぼおぼとみずうみの空雲が満ち華やぎに似る雪の岸辺の

寄る波に渚は濡れて光りつつ雪雲今朝もまだ去り行かず

ほのぼのと雪の積もりし山並がみずうみの上に見えて遥けし

独り遊ぶや

枯れて立つ葦それぞれに穂を掲げ穂は川風の中に鳴りいる

ぶち当たる如みずうみに落ちゆける彼のゆりかもめ独り遊ぶや

ひと方に向かう姿勢の鴨の群あらき波間に見え隠れする

かすみつつ暮れてゆく空ともりたる橋の灯湖につらなる

岸の灯のとどかぬ湖の夕闇に群れいる鴨のしきりに動く

日に光る雪野の彼方盛り上がりみずうみ今日も吹き荒びつつ

晴れながら山並見えぬ午後の時かがやく雪野遥々と過ぐ

春となる空は綾なし雲を抜け光の束が野にふりそそぐ

雪山は遠かすみつつみずうみに散らばり浮きて眠る鴨たち

夕ちかく帰りゆくころ春めきて日に雪山の翳《かげ》淡くなる

閉ざすごとかすめる空に山並の頂の雪なぜに輝く

折々にひく風邪いつか癒えてゆく癒えゆくものの例の一つぞ

犇めき

みずうみに突堤あればゆりかもめ折々止まる犇めきあいて

花により春を計るな日をつぎて咲ける桜のなおも清けし

ゆりかもめ帰りし湖の遠く澄み岸辺の柿の若葉がひかる

浜に出て夕べ渚の塵を焼く人の姿もいつか見えなく

靄の中次第に船は形なし戻り来夕べ凪ぎいる湖を

水張田の中に華やぐれんげ田があちこちに見ゆ休耕田らし

景が動ける

おもむろに船が近づき大き波立ちてみずうみの景が動ける

収まりの着かぬが如く来る波も自ずから凪ぐみずうみなれば

傾きて風に堪えいる葦叢の深く水漬くはちりぢりしなう

家鴨の渋々水に降りてゆく午過ぎにして熱き湖風

続けざま上がる花火の轟きのこころ弾みに帰りゆかんか

伸びやかに育ちし君は人と居て折節呆然としているらしき

蓮

蓮の葉が犇めき合いて覆いたる湖の一画夏の風吹く

生い茂る蓮は大方花のすぎ真夏日の下大き葉そよぐ

咲き出でて四日には花の散るという蓮の花托のほっかりと立つ

余波

台風の余波に荒れいる湖に出ず稔る稲田の道をたどりて

歩み行くうちに体調整いて余波の風吹くみずうみ清し

湖の面が底ごもるごと陰りつつ台風の余波ひっきりなく吹く

新しく港を為すとみずうみの半島の先少しこぼたる

水中にまばらに立てる枯葦の一本一本冬日にひかる

疎らなる枯葦群を通るとき煌めきながら波がつらなる

北の旅

うねりつつ続く原野に稀々に黄に稔りたる稲田が過ぎる

柵により人が群るると草原の羊ら向こうむきに草はむ

切り立てる岬の上に十月の日がありて北の海の凪ぎたる

片足を岩に掛けつつ何か採る人が見ゆ遥か真下の海に

間をおきてひと固まりに群がれる鴎ら北の静けき浜に

鰊漁栄えしという浜埃たち凪ぎいる海の光にまぎる

果てしなき海に向かいてそそり立つ断崖暗し日は照りながら

高山の木々の紅葉の輝きは空に融け入り空を低くす

勢いをつけつつバスの下りゆく撫の林は仄かに紅葉す

静かなる夕暮れにして沖ちかく北の限りの海に日が落つ

海岸に寄る波すでに陰りしが入り日の光頬にぬくとし

幾つかのトンネルぬけて辿り来し深々として青きみずうみ

青々と湛えいる湖真澄めるが故に魚など生きがたかりと

黄に明る

のびのびと波間にあそぶ鴨の群水面の返す光に陰る
かすみいる湖静かにて葦群は冬に入らんと黄に明りたる
暖かに枯れ残りたる葦群にひそみ鳴く鳥いくつかの声
眼の前の枯葦群にひそむ鳥鳴き騒ぎつつ飛びたちゆかず
風のなき夕暮れなれど枯葦は折々に鳴る何かにひびき
諧謔をまじえて水のごとくある直なるこころひそかに愛す

めずらしく夢を見しかど現実にありうることと目覚めて怖る

湖岸をはなれて浮かぶ鴨の群この二三日冬温かく

枯れ枯れて立つ葦群の力なく水漬けるあたりみな黒ずめり

細き脚

渚辺をわが庭とする家いくつ湖広びろと冬の日が澄む

二羽三羽渚に降りてゆりかもめ羽づくろいするその細き脚

みずうみの彼方に見えて耀けるものとして在る一つ雪山

みずうみに砂浜あれば渚には自ずと波の生まれつつあり

見る度に立枯れひどくなる葦の今日は煙のごとく吹かるる

遥かにし見ゆる雪嶺山裾には浸食のごと家居ひろがる

冬の間に擦り切れたりし葦叢の光を浴びてひと色に立つ

波立たぬ沖に散らばり浮かびいて鴨の群今眠りの時間

風出でて風に流さるる鴨の群眠れる鴨は眠れるままに

渚辺に消残る雪の光りつつ白冴えざえとゆりかもめとぶ

ひとしきり渚の砂を乱しいし波の苛立ちあっけなく止む

葦の芽

遠かすむみずうみ渚の水澄みて音なく雨の輪が生まれいる

残りたる鴨らか広きみずうみを睦みつつゆく潜りなどして

夕暮るる前の光に冴えざえと水漲れる春となる湖

満ち満ちて岸に寄る波乱れつつ岩を浸す春のみずうみ

湖の辺に水漬ける柳芽吹きつつ梢明るむ寒風のなか

みずうみを渡りくる風リズムもち岸辺の木々に頬白さわぐ

春風にさわだつ湖の沖はるか波にまじりてあそぶ鴨居り

いつの間に揃いてそよぐ新葦の若葉鋭し煌めく水に
鳥影のなき湖の辺に光りつつ葦の芽は伸ぶ命の息吹き
揉まれつつ育ちゆくべし蒼葦の伸びゆく辺り水の濁りて

若葉故らし

荒れつつも五月の湖の明るむは岸辺にそよぐ若葉故らし
波の間に頭見せいるかいつぶり声は水面に長く響けり
ひとしきり荒れたる湖の空にして大き横雲あかねに浮ぶ
風の下頻りにさわぐ湖の面何に駆られて小さき鳥とぶ

六月の湖の荒れつつ岸辺には波被りて藻が艶めける

時ならぬ嵐にあいて傾きし蒼葦叢のなおも吹かるる

夕暮の時長くなり桟橋に若きいくたりヨット整備す

蒼葦をめぐりて荒き波の寄る七月の湖豊かなる湖

広らなる湖一面がさわだちて押し寄せくるに白波たたず

みずうみの対岸に立つビル群が夕日浴びつつ視界を塞ぐ

透明に空照りながらみずうみは波音ひびく夕暮となる

風の音波の音絶えず響みつつみずうみ暮るる安らぎの時

極まりし夏の光にみずうみの濁れる水が饐えし色なす

羽透ける

湧くごとく渚の上の空にきて蜻蛉の群みな羽透ける

ある距離をもちて漂う蜻蛉の群ひとしきり風に抗う

曇り故時の感じのなき湖に時折あらき波が音をたつ

広らなる湖曇りつつくっきりと形をたもつ山並が見ゆ

みずうみの曇れる空に朧なる日輪はあり秋の彼岸の

黒ぐろと小鮎群れつつ渚には打ち上げられてあぎとう幾つも

融雪の装置の古りて湖沿いの街道曇りの下に艶めく

移るともなく移りいてかいつぶり声ひくく鳴く十月の湖

衰えし葦叢のかげただ一羽かいつぶりいて時折潜る

木枯しの吹くべくなりて対岸の櫨《はぜ》の並木が夕日に映える

茫々とかすみいる湖枯れながらここの渚を占める葦叢

的確に応えつつこころ病む故の深き諦念君は隠さず

群の意志

人影のうごく気配に静かなる群の意志とし鴨さかりゆく

暖かき秋の日なればかすみつつ広きみずうみ凪ぎ渡りたる

死のごとく凪ぎたる湖に動くもの黙々と餌を漁りいる鴨

凪ぎわたる一面靄に閉ざされて輝きあらぬ十一月の湖

ゆっくりと向き変え帰りゆく船の再び霧の中に隠れる

穏やかに冬のみずうみ暮るるころ渚明るし枯葦に映え

湖の面は寒けく照りて限りなくさざ波が立つ入り日に向かい

哀しみの色などあらずみずうみの寒けき光陰りゆくとき

岸の辺の乏しき細葉黄に冴えて柳が光る十二月の湖

照り返す光はすでに弱くして冬のみずうみ澄み透りたり

渚まで積みいる雪の柔らかく穏やかに時の過ぎる湖の辺

わらわらと四五羽連なり降りゆきてゆりかもめ湖の面を乱す

中空の日をさえぎらむ雲のなく輝くひかり雪と照り合う

新雪の長き渚は水満ちてくりかえし寄る波衰えず

しずしずと渚に寄り来るゆりかもめ澄み透りたる水に浮かびて

また春

春の日はまだ寒くしてみずうみを渡りくる風水面に弾む

かすみいる空と湖とを統べるべく光は淡く紫にじむ

枯れ枯れの葦叢淡きひと色が春の湖辺の景を色どる

しきり吹く寒風の中かすかなれど鴨のやさしき呼ぶ声透る

コンクリのまだ新しき湖岸が飛沫をあびて春を待ちいる

頚のべて春の荒波遣りすごす川鵜はいつもさきばしる鳥

騒ぎつつ舞い上がりたる鴨の群各々二羽となりて降りくる

ひと冬を越えし鴨らのたゆたいて波静かなる湖をよろこぶ

柔らかき襞《ひだ》を見せつつみずうみに沿いて静まる春山幾つ

怠りはとめどもあらず身の囲り古きビデオの積み上げられて

散り敷ける花びら踏みてゆく時に散りくる花のいたく優しき

生まれきて青き空見し幸をせっぱつまれば語ることあり

よりどころなし

対岸の夏山かすみ曇り日の広らなる湖よりどころなし

波あらき湖の渚に出でて立つ媼は透ける夏衣着て

荒き波寄るとき渚にごりつつ川鵜の骸徐々にちかづく

荒くなる波を言いつつ最終便待ちて静けし港の人は

水湛え苗のみどりの映ゆる田がつづきて大地甦りたり

若き命

かかわりをあざ笑うごと自らの命断ちたり若き命を
耐えがたき生きなりしかや早々と断ちたる命悼むにもあらず

東北

憧れて来つる野の空青かれどなにがな光乏しと思う
爽やかに野山の緑広がりてみずうみ水を湛えつつ寂し
しっとりと北の緑に囲まるるみずうみ今は波が荒立つ

なにさわ騒ぐ

梅雨ぐもりとりとめもなき湖の面に仄かに照れる対岸のビル

ゆるやかに時は移るかなお明けぬ梅雨の曇りに風絶えし湖

一羽いてなにさわ騒ぐかいつぶり梅雨ぐもる湖光るともなし

釣人は手にしつつ立つしなやかに撓えど穂先鋭きものを

くりかえす波を前にし並び立つ釣人これは何の景か

逝く夏の湖の渚にたむろする若き等くろき膚を寄せ合い

若き等に占められ夏のみずうみは疲れいるらしうす濁りつつ

葦の間の渚にしばし憩いいる水上バイク波こうむりて

荒れながら対岸見ゆる広き湖不順の夏も自ずから逝き

山々を経めぐり帰り来つる眼に広きみずうみ平らなる水

秋の雨かすかに降りて暮るる湖ひと時ものの陰が際立つ

みずうみの空を覆える雲の群重く垂れつつ山側に寄る

土佐

山深く流れに沿いて軌条伸び流れはさらに別れ遡行す

山中を揺られ来てしまし乗継の列車待つ小さき高原の町

また秋

風出でて荒き波たつ湖の面秋の日射しの爽やかに照る

夕靄の中に異様に浮かびいる大きビル群湖のかなたに

傾きし秋日静かに照る湖にかいつぶり一羽活き活きとして

速き瀬に抗い浮ける鴨の群頚のばし憩いの形にあらず

中空は薄雲流れ湖の面にしずみいるごと立ちこむる霧

はだらなる緑残せる葦叢をなお生あるものと思う親しさ

靄の下凪ぎわたる湖ある時は枯葦ゆらし水が寄りくる

靄こめて凪ぎいる湖は影のなくあそぶ鴨らのくきやかに見ゆ

深々と靄たちこむる湖の辺に枯葦叢のかろやかに立つ

日の入りて一際明る山の上雲のなき空寒くかがやく

風のまにまに

めずらしく鴨つらなりて高くゆく晩冬の日の空暮れのこり

遮られゆるく流るる冬の川波さかのぼる風のまにまに

岸の辺の枯枝に来て止まりたる小鳥また川の上にとびたつ

時雨雲にわかに湧きて半月をつつめば川も年も暮れつる

垂れこむる冬雲のした乱れ飛ぶ鴉の群も雲にかくるる

川の上を漂いながらもどり来るゆりかもめの群西日に浮きて

たちまちに死灰となりて夕雲は光無くせし空に融け入る

枯葦の枯れしままたつ岸の辺に鴨らが騒ぐ暖かければ

遠くより見る一群のゆりかもめ流れの中のほのかなる白

きまぐれの寒波またまた襲いきて湖より空の荒るる暮れ方

雪とけて濡るる岬山日に照れど荒き湖の面すでに暮れたり

神棲まう島

雨霧のなかに山影かさなりて海に消えいる神棲まう島

荒々と寄りくる波の自ずから海の色なし潮の香のする

懐かしき潮の香たつる島の磯流るる水は山からの水

海に建つ赤き回廊めぐりつつ古き記憶のよみがえりこず

潮引けば宮居の海は広びろと海草ひかるさみどりの浜

ひき潮の磯に降りいる三匹の子鹿遠くゆ顔かしげ見る

ぶり返す寒さに島は春を待つ囲める海の今は凪ぎつつ

いろ滲む

川岸の若葉のいろの滲みつつ逝く春の日の曇りはなやぐ

岸に沿い水漬く柳の若芽のび曇りの下にさみどり透ける

晩春のひくきくもりに呼応して流るる川の深々と湛う

いくばくか花のこりいる葉桜の梢の群が交々そよぐ

午過ぎてやや汗ばみ来路地行けば戸ごとに春の祭の祝詞

裁判

裁判長とう権威の場より注意さる「まだ録音がセットされてない」

約まりは駆け引きによるゲームにて事実は背後に追いやられいる

時を遣る

雲みつる空間に動く気配なし嵩まして水の流るる上の

川の辺の「水の館」に降る雨は雨季なれば屋根を幾日も濡らす

みずからの速さに川はうねりゆく水みちて堰の放たれしかば

人影のなき観覧車まわりつつ時を遣りいる園の平日

群なして寄りくる鯉らおのずから離れゆく園の静けき時間

おもむろに寄りきて大き口を開く底ひに沈みおりし緋の鯉

水の中へ滑り落ちゆき一つ二つとくり返す子ら嬉々嬉々として

午過ぎて日の陰る時うら悲しプールに子らの飛沫あげつつ

目覚めたる眼に朝焼けの空澄みてちぎれし雲のことに輝く

小島

余波の風絶えまなき故内海は日に照りながら波走りくる

さびれたる宿を守ると老二人媼はどこかものうげにして

漁による島の生活を助けんとなだりは低き幾種かの果樹

さびれたる小さき島の宿なれば海風が吹く昼も夜半にも

一夜あけ余波静まりし内海に光さざめく凪ぎわたりつつ

海岸の直販売所に雑魚ならび箱の小蛸のぬるぬる動く

日に焼けし膚は潮の香のしみて岸にあふるる船を待つ子ら

朝凪ぎの彼方かすかに島の見え発ちゆくフェリー波も立てなく

契機

田の中に杭のごと立つ鷺一羽空にとびたつ契機は何か

残暑なお厳しき日々の滞り曇れる空にとぶ鳥を見ず

意識なく在りし一夜の確かにて眠りはつねに目覚めへ続く

衰うる岸の雑草なびきつつ川面はぬるき風が吹くのみ

滞る時の故にや岸の櫨彼岸に入りてわずか色づく

滞る秋の流れをたたく雨雷ともないて日を次ぎてくる

手術

六十年ともに生き来し左上下肢一瞬にしてその記憶を断たる

治るとも治らぬとも言わずさありハビリを始めましょうと言う

柔らかき体をわれに寄り添わせ導きてゆく若き理学療法士

天井の紙魚が動きて渦巻くを見ており我はどこまで耐え得る

ふわふわと強がり言いて多弁なりき術後の我の危うかりしよ

半身の麻痺せる身体いく度も目覚めて夜半の時間を嘆く

立つさえに前途はるかと思いいしにある日両足で我が歩きおり

患側の脚に重心移るとき微妙にバランスとりいる身体

徐々徐々に回復みする麻痺の腕一気呵成に回復せよ

ガラス窓

照葉樹の返す光の冷え冷えとガラス窓ごしに見送る秋を

暖かき日射しはあれど午後はやく陰となる樹々ガラス窓の外

冬の日の日ざし明るく射しながら湖のかなたの山々朧《おぼろ》

立つ浪の見えねば広きみずうみの色深くして重々と在り

ゆらゆらとゆりかもめなお高くゆく朧の山を背景として

湖の辺に乱雑に建つビルの群新しきほど白々とせり

半身は運動性麻痺半身は感覚性麻痺目には見えざり

医の技の巧みなる故目の前のあからさまなる事が見えぬか

回復の足踏みの時長ければこのまま回復せぬかとも思う

退院

ことごとく裸の梢見えおりて櫨の並木のつづく対岸

水減りて石くれ乾く対岸が冬日の下にさびさびと在り

半ば枯れ矮樹となりしサンシュユの幹の蕾に冬の日が射す

趣もあらず伸びたるまんさくは眉のごときを数多着けおり

階段の上段にきて両足に力入らず妻を呼ぶなり

立たんとし俄に麻痺の手が震う暫く時の過ぎゆくを待つ

悪相

風のごとざわめき川面はなれゆくゆりかもめみなカーブ描きて

たちまちに冬川の荒れ暗みゆく降りくる雪のさだかに見えず

いましがた降りたる雪に濡れ通り瑞々しかり西日さす山

頚のべて脚のべてとぶ五位鷺の悪相が見ゆ晴れゆく空に

雪のあとただに流るる冬の川単純にして寂しきものを

水色のビニールの見えしっかりとボートをつなぐ冬の対岸

ゆりかもめ

帰るべき日をはかりつつゆりかもめ光あかるき川面に浮かぶ
軽やかに身をひるがえすゆりかもめ明るき川面見下しながら
夕つ陽の中にとびたつゆりかもめ清き炎となりてきらめく
いつのまに数の減りいてゆりかもめ川一面にぱらぱらと浮く
かがやきを放ちて浮かぶゆりかもめ最後となりし小さき集団

気まぐれ

対岸になおかがやきて咲くさくら芽吹く若葉の背景となる

春の日の怪しき雲も気にならず川辺の風に身をまかせおり

葉桜の下をくぐりて加速するジェットコースター歓声はなし

初夏の空のかすみてその底にいくつか浮かぶ雲のひそけき

さざ波も長くつづかぬ気まぐれの五月の風は水の匂いす

いく分か午前の日射しやわらかく川辺の木々の緑したたる

遠山も近くの山もかすみつつ緑を映し川の面ひかる

雪解水ひそかに滲みみずうみに水みち水のあふれつつくる

流れ来て流れ行きつつ深々と湛える水のほのかににおう

鳥影の見えぬ川の面あふれいて水漬く柳は岸辺をおおう

かえるでの小さき若葉紅ふくみ暗渠に入らん水の上に伸ぶ

犇めきて細かき若葉ひるがえり楠の大樹が一本そびゆ

梅雨の雲あまねく降りて空間の狭まりし故やすらぐ何かが

一面に雨の波紋の増えゆきつつおおどかにして流れゆく川

地の上にわずかに伸びて拡がれる葛の大き葉みな雨を受く

川半ばまで生い茂る葦叢をよぎりつつゆく嵩まし し水

スイス

アイガーの北壁と直に向かい合うグリンデルワルト村のひそけし

日を待ちて登り来たれば雪山の囲める氷河かがやき暗む

とりどりの色となりいて雪原をはるかにつづく人間の列

雪山の鋭き斜面とつながれる緩きなだりの草原くだる

北壁はいまだ見えつつ木の陰に鳥の声するゆるやかな時

朗らかに晴れたる高き山の上草原にして黄の花が咲く

ゆっくりと草を食みいる乳牛の肌はあめ色暖かき色

入り湖

入り湖となりたる処波のなく残暑に蒸せる照り返しつつ

竿もちて人が時折浜を来る残暑の湖のひっそりとして

藻の中をロボットの如進みゆくかいつぶり二羽鳴き交わしつつ

丈たかく茂る葦叢水に生い日照りの夏の湖に息づく

渇水の川をへだてて木々静かひぐらしの声かすかに聞こゆ

体調をととのえゆっくり歩かんか流れの気配なき川に沿い

葦の間の渚に降りて午後おそき湖に出てゆくヨット一艘

ゆるやかにヨットをつなぐ鉄の輪が鳴り出ず秋の明るき湖に

遥かなる対岸今日は見えおりて緑が帯となりてつづける

きれぎれの夢なれど日をつぎて見る故にうつつの吾を脅かす

みちのく

陸奥のみじかき秋の旅にしてしぐれの雨が森濡らしゆく

秋の日の午後の曇りのたどきなく古りたる港潮の香のせず

街中の欅並木のあるところ秋の雨ふりひときわ暗し

静かなる区画の中にたつ像の馬のやさしも片脚あげて

街域と今はるかに隔たりし城跡が見ゆ小高き丘に

朝あけて雨のあがりし陸奥の野にふりそそぐ秋の光が

陰影のふかき緑の木立過ぎ泡立ち草の黄の花も過ぐ

収穫の終りたる野の広からず雑草しげる畦の目にたち

野の先に一瞬見えし外海は厚みをもちて光透きいき

執拗に岸を襲える波の見え今しばらくは海に沿いゆく

杞憂

いっときの杞憂と終わりて流れゆく川の面の嬡冬日に光る

俊敏にとびたちゆける黒き鶫の光のなかに消ゆる時あり

河原の土手に茂りし葛の葉の枯れ乱るるを冬と言わんか

たえまなく瀬の音ひびく川の辺に華やぎ園の楽のきこゆる

落ち合いて大き流れが侵しゆき片側浅き瀬となりていつ

静かなる冬の日そそぐ湖の上舞うゆりかもめひたすらにして

裸木となりてつづける老桜堤の道は朝のしずけさ

日がすこし傾きゆくと澄み透る冬空の下西の山陰る

頬をさす湖を吹く風楽しくて車ひしめく橋の上をゆく

水くぐり独り遊べるかいつぶり頚たてて時に何かを見つむ

黄に明りあるいは枯れて汚れゆく冬の葦叢一様ならず

山の端を覆える雲の厚くして日の落ちゆけばにわかに暗し

君

上の子が学校に上がらんとする春に人でなし君は自死して果てり

七階の窓より飛びし君が身体軽かりしかや美しかりしと

真夜中の君の錯乱告げきたる声ほそかりき二十年前のこと

混迷の日々の記憶が欠けし故生きて来られし君かと思う

今やっと父親としての感情が分かるとしみじみ君言いたりき

あの時に死んでいたならよかったと洩らして幾日はや君は亡し

如何にしてもどうにもならないその時にどうするか答なき問

ぼつぼつと君は正気を取り戻し正気のゆえに自ら死せり

霧

かすかなる時の移りに春あさき湖を覆いて霧がとどまる

立ちこむる霧光りつつその下の大いなる湖水面の見えず

なめらかな水面の上の明るくて陰影のみの霧のみずうみ

光るとも陰るとも見え立ちこむる深き霧空も湖も分かたず

春となる歩みの一つ無辺際の湖にあふれて動かざる霧

霧を透き浮かぶ日輪ほのかにて広きみずうみの上に小さし

午過ぎてようやく晴るる湖の霧岸辺の木々の梢潤める

水みつる春のみずうみ次々と寄せ来る波にさざ波が乗る

騒だてる波が遥かに見えていて瑞々と春のみずうみ暮るる

腰ふりて岸辺をあゆむ鴨いくつ一足一足人をうかがい

まだ残る鴨の小群暮れてゆく湖岸に寄り寒き影となる

湖の辺の畑の土の耕され春ならんとす風さむくして

花季

山裾の大き社は樹々のなか渓のさくらも樹々に隠るる

花李のひと日にあれど訪う人の影まばらにて山裾の道

なだらかに続く石道花ぐもり乳母車押し老い人がくる

花陰に座しいる人ら朝からの曇れる空に安らぐらしき

塔頭の庭のひそけく門ちかく咲く山桜清やかにして

花ぐもる時の静かに移ろえば華やぎに満つ彼方の空も

跡かたもなし

堰の下浅き流れの中にしてみどり鮮やか洲に生いし草

折々に来てめぐり見る小さき園観覧車いつか跡かたもなし

寂れたる庭に変わらぬ池ありて養魚所の鯉大きくなりたり

なかなかに暮れゆかぬ空高くして暮れゆく時に五月が終る

電話から導かれつつパソコンが修復されたり分からぬままに

いくつもの雲の重なる梅雨の空動くは下の薄らなる雲

蒸し暑き風吹き過ぎる川の上なおその上の層をなす雲

対岸の森に宿りをなす鷺ら木々が吹かるる度にはばたく

騒ぎつつ川面をわたる六月の風に生まるるさざ波静か

公園に数本残る松の木の高ければ時にとんびが止まる

山並のみどりに影を落としつつ七月の雲わずかに動く

さざ波もたたず凪ぎいて七月の日の照るはるか一筋の川

スイス再び

緑濃き樹々静まれるグリンデルワルトのなだり再び歩く

眼の下に広がる高き草原は牧草地としての上限

高山の頂ちかき草原に放牧の牛点々と見ゆ

草をはむ動きに鈴の鳴りわたり草原の牛時を育む

連なれる雪山の上雲きれて真澄める空に浮かぶ半月

教会に続くなだりは墓地にして一基ずつみな花に囲まる

ユングフラウ天に輝き山裾の小さき村に半日あそぶ

高山の中腹にある村なれば向かいに仰ぐユングフラウを

目の前に高き雪山連なりて雲なき空を専らにする

切り立てる断崖の間を進みゆく遥か彼方の雪山目指して

マッターホルン望むべくもなし小雨ふる麓の村に人ら行き交い

廃屋の残る街裏碑に古き山案内人が刻まる

あな遠々し

先生さま愛をこめてという葉書恋人なきを嘆く少女の

咳きこみて夫の仕打ち語りゆく眼は前の何も見ていず

テーブルを隔てて交わすやりとりのあな遠々し涙たるるに

のびのびと生いたるらしき君故にわれは近づく畏れをもちて

ひと夏のこと遣らわんにみずうみは常なる光静かに湛う

対岸の山重なりて見ゆる日の秋のひかりは湖にあまねし

こころ病む者の傍に在る日々は病む者のためはた自らのため

今年また同じ処に枯れてゆく葦叢めぐり波がさわがし

静かなるみずうみの上午過ぎて明るき秋の雲多くなる

第三歌集　対岸（平成十四年から平成十八年まで）

この秋

この秋の時の移りの遅々として岸辺の紅葉やっと深まる

犇めける紅葉の色のとりどりに対岸の丘秋の日を浴ぶ

晩秋の日の暮れゆくと川の辺の並木の中の櫨のかがやく

暮れはやき晩秋の空連なりて川鵜の一群腹見せてゆく

葦叢はは疎らに緑残しいて秋の光の射しいるみずうみ

冬の日

川幅の広くなりたる感じにて紅葉の散りし岸の木々の見ゆ

紅葉の散りて幽けくなりし木々岸辺につづく青き空の下

寒さややゆるびて幾日冬の日の曇りの空に薄日がのぞく

つぎつぎと橋を越えくるゆりかもめ水に降り小さき塊となる

波さわぐ寒き川面に浮かびいてゆりかもめの群動くともなし

西山の空のほのかに明るみて曇りしままに暮るる冬の日

乱れつつ

流氷のごとく輝く雲の群一月の空底の澄みいて

波あらき川の向こうの新しきアクアリュウムに寒き日の射す

雲ひくく空覆いつつ移りゆく入り日静かに山を照らして

乱れつつ川の上をゆくゆりかもめ疾風に空の乱れたるらし

疾風に飛沫を立てる川の面ゆくりなくゆりかもめそこに落つ

鶺鴒は常一羽にて忙しなしチチと飛び立つ風の中へも

花びらのわずか残りて黄に照れる庭の蝋梅無残なるかも

空たかく舞いいるとんびゆっくりと翻るとき胸に日の照る

雲を透き差しくる冬日近き山に落ちんとしつつ白くかがやく

冬の日の落ちてしばらく澄み透る山の上の空ほのかに焼けて

暮るる頃ようやく雲は形なし冬日うけつつ静かに移る

相ついで風過ぐるらし影のごと波走りゆく翳る川面を

スペイン（修道院）

はてしなく小石の原のひろがりて青き空より日はふりそそぐ

磔刑の後の男の横たわり無惨なるかな救いというは

息たえて引き下ろされし血まみれの若き骸にたじろぐなかれ

ひとり子は輝きなして母に抱かる願いは常に輝かにして

幼子を誉め讃える繪《え》の飾らるるほの暗き部屋どこまでつづく

神と言い御子と言いそして聖霊と言うとき言葉は象徴ならず

幼子見つむ

日はすでに暑くして堪え難からんはやく散りゆく今年のさくら

若き母子と遊びつつ折々に悪戯をする樹に身を隠し

楓のさみどりの葉のひとしきりふわふわそよぐを幼子見つむ

枯れたるは伐られて高き松の木の残りはわずか整備されゆく

ひと騒ぎして戸袋の巣に戻りむくどりの雛やっとおとなし

葉桜の茂みのなかに騒ぎいるひよどり一羽あるいは三羽

公園の木々の若葉の中にして光りいる銀の滑り台一基

対岸

対岸の櫨も楓もさみどりとなりつついまだ濃淡のある

雲の出てとりとめのなき空の下対岸の木々みどり濃くなる

今しばし翳ればにぶき川の面箇明にしてやや重たし

流れゆく川一面のさざなみの折々乱る光もともに

密かなる思いのごとく飛ぶ鳥の遥かに高し雲にまぎるる

流れくる流れは岸を侵しゆき緑の森に迫りてひろがる

対岸は小高き丘の緑にて梅雨の雨降るようやくの雨

緑濃き並木の道を還りくる自転車の子らシャツの濡れつつ

貫きて流るる疎水山すその暗渠に入る梅雨雲のした

夏雲の白雲あまた浮かびいて下びは霞むみずうみの上

岸の辺に抜き立つ鋭き葦叢の緑は深し夏のみずうみ

広らなる湖の荒れつつ渡りくる風は岸辺の葦叢を襲う

風の中ただに鳴きいし蝉の声ややに弱まる人寄りゆけば

みずうみの浅瀬に入りて童ふたり出立ちよろし釣糸を垂る

水垂らし引っ張られゆくモーターボート汀の白き砂浜の上

スイス

ようやくに雨霧はれて目の前に聳ゆる高山雪のあたらし

高山の新しき雪輝けりグリンデルワルト夏の夕暮れ

雪山の裾のなだりは緑濃く木の家々が画然と占む

聳え立つ雪山に光のこるのみ次第に暮るる緑のアルプ

岸の辺に水草などが漂える懐かしきかな日本の川の

幾つかの形ことなる教会の塔がそびゆる川をはさみて

街中を貫きてゆく速き水岸の一部はローマの堤

モンブラン仰ぎ見るのみ白濁の氷河の水は谷に激ちて

湖を囲む山並み高くしてその上の空青く澄みたり

遥々と来たりて過ぎる旅の日に白き船ゆく遥けき湖を

虹

みずうみの空にはなおも雲うごき渇水の川に虹架かりたり

十月のしぐれの空の定まらず夕近きころ二度虹のたつ

さきばしり立ちたる虹か大凡は流るる低き雲に薄れつ

片端は色づかぬ木々の上に消ゆ川を跨ぎて架かれる虹の

警報の出されて日ごと川の水減りつつ秋はなんとなく過ぐ

渇水

塞き止めてようやく水位保ちいる渇水の川冬に入りゆく

ごつごつと石塊のぞく水際荒れすでに褪せたり堤の紅葉

折々に静かに話ききくれしも無駄なりしよとののしるは誰

くり返しくり返し言う一つこと解き放つこと叶わぬか遂に

閉ざしたる堰より下の川の涸れ乏しき水に鴨らのあそぶ

淀みつつ

渇水の川の流れの淀みつつ静かに岸の紅葉を映す

乾上がりし岸辺に残る葦叢の立ち枯れてゆく雑草の中

たどたどと鴨連なりて低く飛ぶ旱の川の淀める上を

迷いなく秋晴れの日のつづく故紅葉は映ゆるこの岸辺にも

極まれる紅葉は散らう気配なし過ぎ行く時のかがやきの季

日照雨ふる寒き暮れ方ワイパーを動かして待つ広場のワゴン

寒の雨上がりし空の乱れつつ対岸の一部異様にかがやく

層なして西日の当たる対岸の森の上なお雲の垂れいる

ひと年の終わると時雨ふる川の暗くなりゆく鴨遠く浮き

大寒

大寒の澄みし光の翳りつつしぐれの雲はにじむごと来る

突き抜けて高き松の木襲いくる氷雨にゆれる危うき枝が

たちまちに空暗くなり川の上煙のごとく流れる氷雨

波あらき夕べの川にひとしきりなだれ消えゆく細かき霰

しぐれ雲されば西日のただよいて厳冬の空あわただしかり

さわだてる川のみ今は確かなるものとして見ゆ氷雨の下に

湖の辺は寒き風吹きぼろぼろとなりし葦叢靡きつつ立つ

湖越えて来る寒風に葦の穂は破れし旗のごとくに吹かる

乱れ伏す枯葦叢にきて騒ぐ小鳥の声は寒風に散る

春くる

裸木の高き柳のつづく岸春まだはやき空青くして

今日まれに晴れいて高き裸木の梢は透ける春くる空に

よく晴れし早春の空はや淡しさわだつ湖の光つめたく

映像の激しさに倦み出てくれば広場は春の光満ちたり

実か何か啄みながら移りゆく鳩の群芽ぐむ芝生の上を

老い人の静かに競う球技にて広場に響く軽るやかな音

よちよちと幼が鳩の群れを追う一つ図形の少しずつずれ

緊縛のほどけしように春の来て曇りの下に蕾の硬し

緩やかに流れくる川処々妨げられて瀬の音のする

仄かにも小鳥飛び立つ影の見え丘の桜は日に華やげる

傷のごと蕚の残れる葉桜を容赦なく吹くまだ寒き風

転びつつボール銜えてもどりくる犬というもの只管にして

幾つかの山重なりて薄れゆき彼方の空は仄かに明る

瀬の音の静かにひびく野の緑氏神の森とりわけて濃し

葉桜の茂み襲える疾き風行き場失くせるごとくに騒ぐ

曇り空ひと日変らず疾風に若葉ちぎれる淋しき五月

ウィーン、ザルツブルク

窓外につづく枯木は何の木か宿木が見ゆ枯木の中に
春の日はおおどかにして黒々と枯るる街路樹梢の高し
聳え立つ教会の塔頼みにし彷徨い歩くウィーンの街角
新しき美術館にてほの暗き部屋にムンクの叫びが満ちる
音楽に殉ぜし人の墓所なれどモーツァルトの墓なるものなし
黄の花の咲くサンシュユの木をまじえ高き生け垣広場を囲む

現にし我も来たりて覗き見るモーツァルト住みし小さき部屋を

梅雨

柔らかき緑の芝生しとど濡れ雨の上がりし広場明るむ

ようやくに晴れゆく空か木々の影鮮やかになる芝生の上に

ゆるゆると迷えるごときヘリコプター響きは濁る梅雨雲の下

再びスイス

雑草のなだりはただに雑草のなだりにてただに野の花の咲く

のろのろと木立の間に見え隠れ登山電車はなだりを這える

高山の高き空間横切りし何の鳥声に出すこともなく

暮れてゆく緑のなだり立体感失せてようやく繪のごとく見ゆ

北壁の頂の上白雲の湧きて一部が夕茜する

暗闇の中に巌の山ありて空の底ひに星きらめかず

不安

気にかかる昨夜の電話折々にきざす不安は誰に語らむ

会うことのなくて過ぎたる三年にメールは何ほどのこと伝えしや

連なれる低き山大方陰りつつ秋の彼岸の白雲のゆく

まだ暑き昼の光の照りながら流るる川の水面静けし

少しずつ桜は枯葉落としいて秋の彼岸の光の透ける

怯ゆるにあらずや子猫木の下にかがまりじっと我をみつめる

昨日晴れ今日また曇り秋の日はにわかに移る遅き夏のあと

秋分の日の空くもり寂しかり涼しき風のしきりに吹きて

秋の日はようやく差せど子ら遊ぶ広場はすでに夕暮れのごと

夕闇の葉桜陰にまぎれいし群鳥不意に飛び立ちてゆく

暮れ残る空はてしなく高々と舞いいる鳥のかすかに見ゆる

南の高きところに雲ありて入日うけいる晩秋の空

静かなる茜の雲の移るとき恥の意識のまたおそいくる

黄葉するひと本高き大銀杏晴れゆく空に戦ぎつつ立つ

夕闇

刈られたる広場の芝生ほんのりと枯れてゆくべし落葉の下に

山並みは紅葉の色の不足して時雨の雲の白く垂れこむ

下り来て野の端をゆく冬の川浅き流れに夕闇せまる

川下の枯葦叢の乱れつつさざなみの照る残る光に

茜雲山を掠めてゆく疾し光澄みたる冬至の日の暮れ

山並みは翳らんとしてひき締まり茜の雲の澄みて輝く

空高く西日の中を飛ぶ川鵜ゆれつつ長く後尾がつづく

入り際の輝ける日を受けている広場の裸木幾本も立ち

枯れ折れし幹のあらわに照らさるる桜の古木さむき広場に

人工の白き一角冬の日の広場のプール水をたたえて

忽ちに

西山に懸かれる雲の忽《たちま》ちにうずまき動く夕闇のなか

遥かなる大橋きっちり見えおりて冬のみずうみ晴れ渡りたる

忙しなく羽うごかしてひくく飛ぶ川鵜は風に乗ることもなく

ひるがえりひるがえり飛ぶゆりかもめ次第に白き雲に近づく

寒の日の渚の光り残りいる枯葦叢にかいつぶり寄る

四月かと紛う日の照り凪ぎわたる湖のほとりに枯葦の立つ

遥かなる対岸かすみ早すぎる春の光に凪ぎわたる湖

立ち枯れの葦叢にごる岸の辺に新芽待ちつつ枯れ乱れたり

自ら日はふりそそぎ枯葦は枯れはててゆく湖のほとりに

旅の間に黄の花散りて汚れいし蝋梅梢の先より芽吹く

北の地

春雪の積みて輝く橅林ゆるゆる下るバスに見て過ぐ

岩の間を落ちつぐ滝が裸木の林を透きてほのかに見ゆる

川岸の長き堤に咲き満ちてさくらは北の地に華やげる

雪山を望む城跡咲き盛るさくらは雨に濡れつつ散らず

新しき雪にかがやく高山の裾野の農場はやく乾きゆく

早々と来し台風の逸れゆけど新緑の野に翳りをのこす

白雲の浮かぶ高みに飛ぶとんび囀る小鳥声のみにして
流れゆく水の辺に生える雑草の艶めき光る梅雨に入る前
さみどりの梢の間を透けてきて入り日の光銀輪に差す

フランス

広き野に壁の家々点在しフランスの空青く明るし
地下鉄を結ぶ迷路の昏くして辻音楽師奏でるビゼー

再々スイス

少しずつ緑ことなる牧草地同じ形の家中心をなす

山々の底の湖乳白に濁れり氷河の水のそそぎて

半月は夜のくだちに光増し巌の山の峻険に見ゆ

雪の積む高山むしろ仄かなり月の光の力増しつつ

中腹の小集落に日に一度上りくるとう黄のポストバス

車からのぞく深渓底ひには一筋光るラインの源流

黒ずみし雪の残れる峠越え小さき流れ向き変えている

湖のほとりに残る古き街高台に石の城のそびゆる

中世がそのままにある一区劃見下してたつ高き石の塔

中腹のなだりに見ゆる小集落如何なる道を辿りて登る

細き道はさみて壁の家の立ちなだりの村の鄙びたる良し

彼方には一集落の見えおりて草原の中続ける小道

このなだり険しけれども集落の石畳道歩きつつ憩う

空の荒れいて

逝く夏の空の荒れいて暑き風吹き抜けてゆく広場の上を

夕づきてなおむし暑き風の吹きゆるき流れの川面を乱す

夏の日の名残の時を刻まんと大き入り日の木々の間に燃ゆ

動きゆく雲は次第に薄れつつ夕月いつか黄にかがやける

夜の明けは遅くなりいて白みくる空に色なき雲のあらわる

外輪は水を撥ねつつ怖ず怖ずと小さき汽船岸を離れる

活性化願いて復元されたれば川の面を行く外輪気船

深々と水は木々より緑濃く船を浮かべて静かなるかも

新潟地震

混みいるは迂回して入る人故か穫り入れ済みし野を分けてゆく

何をしに来たのだ予約取り消さず宿のテレビにその後を見おり

避難せし人等にさらに襲いくる強き余震をテレビは映す

指さして一人を詰るおぞましきテレビコメンテーターの顔

テレビにて涙ながるという者よ涙ながすは一人のみかは

落日

輝ける落日の下山並みはかすみて木々の紅葉の暗し

落日はひととき赤く輝けど彼方の湖ははや翳りそむ

湖沿いの街筋荒れて久しきよ茂みも今日は空地となりいき

帰るでもなく帆を張りて幾艘のヨットの浮ぶ暮るる湖上に

鯉ヘルペス

感染せし鯉ヘルペスの伝播を断たんと五千尾処分されたり

雷魚鮒のこして池は静かなり大き雷魚の岸に寄り来る

水底の見えいて池の寂れたり彩り溢れいしものは何処

園内のあちこちに立つ裸木の桜の梢冬日にけぶる

川なればなお枯葦の残りいてその葦の間を流れくる水

重そうに雲の浮きいる寒き午後出でて歩むは何の思いぞ

寒雲の空と思いて佇むに雲の奥処に青き空あり

やや空に近き小高き丘の町靴音ひびく若き女の

傍らの地蔵の前にかがまりて何を願うや声にだしつつ

山峡に残るわずかな棚田見ゆ耕されねば潤いもちて

光りつつ地に降り立ちて歩む鳥羽根をたたむと野の色になる

逸脱する鳥

湖岸は曇りの下に明るくて鮮やかに立つ裸木いくつ

裸木の小枝に止まる鳥の群寒き岸辺にしばらく居りたり

春の雲移りゆきつつ湖の面にさざ波のたつ整然として

連山のはずれの山の稜線のなだらかに伸ぶ春の曇りに

早春の朧ろの空にひるがえりひるがえり景を逸脱する鳥

みずうみの傍らに立つ一本の高層ビルを倒す術なきか

枯れかけて残る小枝に白梅の乏しき花の今年もひらく

少女

父の血をうけて苦しむ少女にて閉ざして生きる心も身も

ゆれ動く心のはての諦念に少女ひたすら仕事にはげむ

うち明けて一層傷つき何事もなかりし如く装う日々と

ためらいて蕾のときのながかりし桜の花の大方は散る

夕茜のこれる空の淡き雲待ちいし春の光ににじむ

静かなる夕暮れにして空明るはやく逝きにし春を惜しまむ

夕暮れて子供ら帰り川岸の広場にはただ瀬の音の響る

対岸の五月の若葉光りつつ木々幾本も流れに浸かる

ゆっくりと流れる川は両岸の明かるき若葉の光をうける

見る限り水張田となり光りいる平らけき野よ早苗幼し

再々スイス

樅の木の茂れる処緑濃く芝草なだり麓に至る

目下の断崖の間に霧わきて高き雪山見えはじめたり

雪山の上に真白き夏雲の湧き立ちながら高く昇らず

夕鳥の鳴く声高く響きつつ雪山の空なかなか暮れず

爽やかに明けたる空の淡き月いつか岩山の向こうに移る

いくつもの塔の聳ゆる古き街神在します証にあらず

亡骸

梅雨明けしばかりの空に台風の近づき雲の幾重にも垂る

声あげて競い合いつつ嘴をひらく雛鳥なおも眼ひらかず

一夜さに眼ひらきし雛鳥の餌を欲る嘴のさらに大きく

さっきまで止まり木にとまりいし小鳥眼つむりて蹲りたり

二度までも雛を途中で死なしめし親鳥遂に自らも死す

亡骸は吹かるるまでに軽きかな手のひらの上一つ命の

暑き日の長けてゆく午後庭の木の枝の山鳩密やかにして

何もせず居れば聞こゆる警報の甲高き音むなしく響く

断崖

断崖を飛び降りるごと世の外に飛び出しし少女その後を知らず

飲みかけの父のボトルを手に持ちて遥々訪ね来たりし少女

言うことの分からないらしただ笑みてすまなそうに言うありがとう

顔しかめせきこみ何か訴えるこの老い人の感情の量

さざ波の立つゆるき川翳り濃し秋の彼岸のむし暑くして

茶房

えのころの茂る一角横切りて久しぶりなりいつもの茶房

様変わりしたりし茶房簡素にてモーツァルトの静かに流る

新しき茶房の主人背の高く我より歳をとりているらし

窓ちかく立つ一本の松の木の幹の見えいてやや捻れたり

徒然と独りいるとき傍らに小家族きて明日の相談をする

ポンペイ、ナポリ、アマルフィ

やや坂を上りて狭き門に入る轍の跡のある石の道

神殿と思しき処柱たち前に供物の台がのこれる

火の灰の降りて潰えし古き代の街は小高き丘に在りたり

整然と区画されたる街々をつなぎて縦横石畳道

ネアポリス即ち植民都市にして今に重たき歴史を背負う

古びたる汚きアパート窓窓に洗濯物が垂れ下がりいる

ごみ屑が放り出されて溢れいるここの通りは街の奈辺か

信号などなきに等しく我れ先に車道をわたる男女ら

絶壁を縫いて続ける細き道対向の小さき車がまどう

満月の照らすものなき闇のなか彼方に湾の灯が連なれる

赤き蕊

軽やかに四十雀鳴く梢には蕾ひしめく咲く日を待ちて

昨夜降りし雨に芝生の湿りいて春の広場に子供らを見ず

大方は花散りて梢乱れたり蜜の残るか小鳥が一羽

寒さ故雨にも花を保ちいし梢に赤き蕊みだらなり

ひき攣りし脚休めんと椅子に依る広場の隅は花びらまみれ

川の辺に立つ一本の山桜花散りてより若葉がしまる

山門の仁王の像は千年の日に晒されて融解している

影のごと見ゆるは昔大寺の建立に伐り尽くされし山

ベネチア

水面に直に建ちたる教会の青きドームのちかぢかと見ゆ

日に焼けし腕をみせてゴンドラをあやつる男身はしなやかに

混み合える水上バスの人のなか島の貴人のあるいは潜む

横しまのシャツにカンカン帽の人狭き運河の路地にし相応う

干し物のあれば親しも貧富の差少なき運河の島と思うに

居酒屋の女房は恰幅よき人なり鍋を持ち来て小蛸を見せる

陰りくる運河の上の高き雲ようやくにして茜を帯びる

再々々スイス、ミラノ

日に三度アイガーの空暗みきて雷鳴りたれど事なく暮るる

ピエタ像

少しずつ形なしくる彫像の悲しみに遂に堪え得ざりしか

残生の五年が程をひたすらに石に向かいて在りしや否や

ピエタ像彫らんと未完に終りたる老いしミケランジェロの思いよ

嘆き伏す幼の像など続きいて安らぎあらぬミラノの墓地は

尖塔の上にかがやく黄金のマリア像しかとわれには見えず

記憶

大切なことを不意にし思い出す老いの診断なさんとしつつ

数時間経ちて意識に上りくる記憶というは何処にひそむ

長かりし梅雨の明けたる公園に木槿の花の一輪咲ける

川の辺に白鷺一羽降り立ちて夕べの時間ひととき止まる

呆然としていて不意に泣き顔になりゆく心の動き分からぬ

呼びかけに応じず涎垂らしつつ塑像のごとく動かぬこの人

手を伸べて寄り来る時ににこやかに笑まうも言葉失いし人

目を開けて何かを凝視する像あるいは大きこころの空洞

唸るごと人を罵倒し始めたれば関わりなしと離るるほかなし

湖の辺を行く

朝から移りつつ鳴く山鳩のくぐもれる声いつしかに止む

夜の明けのやや遅くなり百日紅そよぐ二階の窓に日が射す

気紛れに電車に乗ることなくなりて暑き夏の日なかなか逝かぬ

十月に入りてさすがに真昼間も汗ばむことなし湖の辺を行く

昼過ぎて晴れれば湖は色深む彼方山並なおかすみいて

迂回してゆっくりとゆく遊覧船湖べの何を説明しいるや

みずうみに張り出す水上警察署秋の光に白じらと照る

長き影湖に落とせる一本の高層ビルが景を切り裂く

花びらの如ひらひらと小さき犬時折過ぎる湖べの道を

長き頚出して辺りを睥睨する一羽の川鵜よどめる湖に

秋の雨静かに降りて煙りつつ広場のように湖の面濡れる

湖の藻の寄りて乾ける水の辺に鶺鴒さわぐ尾を叩きつつ

下陰る雲の方へと帰りゆく遊覧船のみるみる小さし

白砂の伸びて浅瀬となる処寄せ来る波の透きてかがやく

爽やかな秋の日差しに葦叢は水漬けるあたり枯れゆくはやし

寄る波はゆったりとして何処にか地にひそみ鳴く蟋蟀の声

一方になびく葦叢枯れそめし鋭き細葉かさかさと鳴る

中秋の月

参道に明かり灯され遥々し中秋の日の月の出を待ち

塔の前人影うごき中秋の今宵の月のまた雲に入る

プラハ

プラハとう響きのいつか身に泥みはるばると来つ老いの意識に

のびやかにはなやかに鳴る交響曲「プラハ」は三楽章にて終る

幾度も尋ねてやっと探したり落葉の中のモーツァルト「館」

喧噪を遠く離れし館にてドン・ジョヴァンニを書き上げたりと

白衣着るマリオネットの老人を衝動的に買いたりプラハ

中州には高き枯木が並びたち広きモルダウ流れの煙る

憧れて来つるモルダウ静かなる流れは親し老いたるわれに
防寒の帽子を子等は被りいて待降節の広場にさわぐ
果てもなく広き原野にぽつねんと在る空港よさよならプラハ

波の美し

落ちそうな白雲数の増えてきてそのまま湖の方に移動す
葦叢はまだ青くして吹く風にしなえど鳴るは風の音のみ
悉く葉を落としたる若木たち幹艶やかに日をうけている
つぎつぎと寄せ来る波は白砂に吸われゆく時ふっと弱まる

葦叢の根方は水の濁りいてかいつぶり三羽何をあらそう

こんもりと重なる山に日の当たり紅葉の色の少しずつ違う

秋の日の今日穏やかにさざ波の僅かに立ちて広らなる湖

母の忌も父の忌もまた忘れはて悔恨ばかりのこるうつつは

尾根をゆく狼に己なぞらえし孤りの少女我は忘れず

連なりて寄り来る波に横ざまに日の差していて波の美し

第四歌集　稲田（平成十九年から平成二二年まで）

寒き雨

新年の二日は寒き雨となりバスの少なき広場の濡れる

迂回するバスを待ちおり新年の時雨のあがる気配のなくて

胸ふかく何を思うや背を丸め去りゆく姿去年と同じぞ

朝はやく水浴びさせて死なしめしエナガのことを折々思う

鬱

悠然と庭の枯木に止まりいる雉鳩一羽ガラス窓の外

風のごと目白来るべき季となり裂けし檀の実をつつき去る

声悪しきむくどり庭の枯枝の高み止まる鳴くこともなく

小ばなしの会にて免状貰いしと老看護師のとつとつ語る

壊れゆく脳細胞に最後まで残るは親の事という説

九十になりても鬱を病む人の細き声「いい薬をください」

この嫁が優しいからと他人事のように言う母に寄り添う娘

鶫

鶫は不意にきて容赦なく食めり臘梅《ろうばい》のまだ小さき莟を

鶫の姿は雄々し臘梅の小枝に止まりしなうその枝

鈴なりに雀は止まる鶫の食べ尽くしたる臘梅の木に

臘梅の黄の花びらを銜えては飲み下す鶫喉を反らし

窓近く飛び来る鶫に十姉妹さっと身構う籠の中にて

日を返し輝くマンサク日に透きて静けき白梅我が庭に咲く

濃緑の目白しばらく居し庭に珍し四十雀の来ている

集いたる葬りの日にしてたまたまに聞くはらからの消息苦し

長かりし桎梏解けて笑いしと一人の死は一人の救い

いつまでも餌を欲る雛を持て余し親鳥じっと知らぬ顔している

藁切れを銜えて籠を飛びまわり雛鳥なればもてあそぶのみ

がらんどの箱の如かる我にして老いし痴呆の人を診んとす

岸の辺に老いし一樹の山桜若葉のそよぎしなやかにして

高知

婚姻の儀式を終えし人たちか樟の若葉の坂を下りくる

自転車に乗る人多く自転車の生徒らゆっくり通りを渡る

追手門のすぐ近くより立ち並ぶ日曜市は江戸の世よりと

大きさの順に綺麗に並べられ紅きトマトばかりの店も

「大切に育てて」と張り紙し媼は鉢の野草並べる

台の上の野草いく鉢それぞれに紫淡き花盛りなり

渓谷の大歩危小歩危下に見てひた走りゆく若葉の中を

瀬戸内の海に夕光残りいて彼方の島の影のごと見ゆ

小松菜

小松菜の小さき束を買いて持つ十姉妹のため幾日ぶりか

自ら夜は寝に就く十姉妹自然の時間分かりいるらし

梅雨明けのぐずつき曇る明け方に鳴く山鳩の声のくぐもる

水の辺の茶房に居りて梅雨の雨川面に繁くなりゆくを見る

雨に濡れしたたる緑に分け入れる濡れたる川の流れの速し

水嵩の増して流れる速き川梅雨のくもりの翳りを帯びる

フランス、スイス

大いなる凱旋門に夕日差し人らの群れる何を求めて

前日のロードレースの客席がごたごた残るシャンゼリゼ通り

「ミラボー橋」我に教えて日本を嘆ぎし彼もはやく逝きたり

シテ島の日曜花市鳥の市雨降り出でてあわただしけれ

ゆったりとグレーの村をゆく川の岸辺にいくつ洗場臨む

浅井忠描ける石の橋に立つ繁る一樹が廃墟をかくす

吐血して運ばれたりしよ夜の空美しきスイス建国記念日

霧雨に覆われ今日もアイガーは見えねどそこに在るということ

プラハにて落としし手袋パリーにて忘れし眼鏡幾度も言わる

低き声

醒め居れば窓に輝く朝焼けの秋の光もすぐに消えゆく

ガラス窓を掠めて去りし鳥影の絞り出す低き声を残せり

アンテナに止まりて鳴ける山鳩の只管にしてくぐもれる声

家の中歩くにも痛む足腰をかかえてひと日ようやくに過ぐ

不意にくる下肢の脱力階段の桟につかまり危うく支う

太き声

階段をのぼる姿の如何なるか鞄持とうと声掛けられき

ゆっくりと転びて腰を撲ちたりき駅の階段やっと降りきて

太き声の医師は誰かと診察室の名札を確認したと言う

病より癒えくる度にわが声のおのずと太くなるかと思う

幽かなる目眩なれども漂える不気味さに身を堅くしており

一時間に六十回もの呼吸停止睡眠時の無呼吸己は知らず

「父母の棲むふる里に帰りたい」老いし痴呆の人今日も言う

今誰に会いたいかとの質問に梅の木と答う痴呆の人の

玄関を開ければ騒ぐ十姉妹またまた餌が切れていたらし

夕はやく暗くなる道街路樹の大き枯葉を踏みて帰り来

錦木のまじる並木のようやくに色づく緩き流れの向こう

人間の技を誇示して湖の辺に聳ゆるホテルはやく寂れよ

この寂しさは

新年の落葉の一つなき舗道明日のオペラの何か疎まし

楓の枯木の梢新年の光の中にしなやかに伸ぶ

静かなる川面に差せる新光この淋しさは何処よりくる

死顔

家族への報せを何時と決めかねて鬱々と過ぐ死を目の前に
穏やかな死顔でしたと今暫しこの世に残る子供らの言う
十余年惚けて過ぎし佳き人の最後を看取るたまたま我が
今日書きし死亡診断書なるにふとも名前を憶い出だせず
乱れたるみずうみの空雪つみし彼方の山の近づきて見ゆ
臘梅に次ぎて咲かんとまんさくの高き小枝に蕾を掲ぐ

踏みしめて坂のぼる時清々し濡れし舗道に残る冬の日

軽やかに飛び来し目白首のべて十姉妹を見るガラス窓越しに

夕方ににふたたび明るくなりし空西の山の端ひかり春めく

群れなして騒ぐは四十雀ならん松の緑のたかき小枝に

臘梅は色褪せたれど咲きつづき春の光に透きてかがやく

食を拒み薬を拒み近づけば怯ゆる媼歳九十七

父も母も死にて我の下の始末どうしたらいいのと泣き叫ぶ老い

懐メロ

われの顔憶えてくれと語るのみ痴呆の人と向き合う時は

またたきもせずに見開く大き目は何憶いいる時を失くして

それぞれの思いは知らず寒暖のなき空間に懐メロひびく

何か待ち座して静かに居る人の時折不意に怒声を発す

悪いとこないと言い張る片麻痺の車椅子の人退院は何時

なぜ我がここにいるのかわからぬと訝しげにいうかっての医師が

玄関の石段午後は陰となり幾日ものこる桃の花びら

逝く春の空晴れわたり一日の終わらんとする日輪おぼろ

弱まりし電話の声に励ましの言葉もあらず死は近かからむ

川岸に一段低き遊歩道なりて桜の古木を見上ぐ

水の辺にそよぐ一樹の山桜艶めく若葉さみどりとなる

電動付き自転車買わんと入りたれどこの老人にタイヤの細し

乳母車押してよちよち過りゆくみどりご向うの砂場をめざす

行きずりの子猫の二匹あるは座しあるは寝そべり目で我を追う

萌え出ずる若葉のなかに楓の若葉の不思議光返さず

見送られる立場となりて戸惑えり微かに笑みて手を振りくれる

境

終末の医療をそっと質したりわが親ならばことなからんに

死と生の境は何かはやくより惚けて時を無くせし人の

朝はやく薬剤散布しておりぬようやく青葉茂る街路樹

梅雨雲の処々の明るくて落ち着かぬまま夕暮れとなる

窓ちかく繁る檀の青葉闇折々光る梅雨の雨に濡れ

大雨の来るとの予報梅雨雲の下には高く鳥の舞いいて

梅雨雲の覆えるみずうみ風吹くと生きものの如ざわざわ動く

見下ろして立てば寄る波低くして彼方は梅雨の雲の広がる

目を開けて「先生助けて」と声にだす九十五歳認知症の媼

「その時は宜しく」と静かに繰り返す顔の小さくなりし媼の

「死ぬ時は死ぬがよろし」と口にせば袋叩きに遭わんか医者は

世に在りて影の如かる人等に副い影として過ぐ我の一生も

稲田

白砂の底の見えつつゆく水をはさみ葦群青々と立つ

日輪は輝き高く照りおれど波のさわだつ川の面昏し

山並の一部は雲の陰となりその陰のなか白鷺のとぶ

渡りゆく橋長くして暑き日の光を防ぐもの何もなし

山の間に純白の雲のぞきいる八月尽の空は真っ青

朝焼けは早く消えゆきくぐみ鳴く山鳩の声ひと時聞こゆ

山裾の霧の晴れつつ常に見る近くの山も大き山のよう

枝伸べて幾本か立つ松の木の緑は深し秋の雨に濡れ

何もかも分からぬ私どうなるのと頭を叩く媼はいつも

羽衣の触りしっかり謡いいるこの人己が住所の言えぬ
ようやくに名札の名前憶えしや診察のたび名前確かむ
身体は衰えながら穏やかになお微笑めば娘の涙ぐむ
瀬となりてさざ波の立つひと処川の流れの速さの見える
十月も終りとなりて整いし秋の光のはや翳りゆく

配列

日輪の入り際にわか雲の切れ川の向こうの空間明る
逝く秋の陰影ふかき刻にして広場の楓朱の極まる

一角は銀杏の小さき黄の葉散り玉を打つ老い声の競える

翳りくる川面の上を流れゆく雲にも紅葉滲みているか

日輪の落ちてしばらく連なれる紅葉の山の照り陰りする

配列をすこし変えつつ飛ぶ川鵜空の高みに消えてゆきたり

仄かなれども

ひと時雨して乾きたる新年の舗道静けし午後になりても

重なれる最後の山は仄かなれど一色にして空を画する

灰色の横雲うごく気配なし連なる山をひくく覆いて

岸に沿い桜の若木つづきいてほのかに光る寒き川の面

坂の上の低き山まだ暮れのこる正月三日曇りのなかに

餌を欲りて鳴きだす籠の十姉妹座しいし我の立ち上るとき

一月の空は冷たく澄み透り跳ね上がるごと白雲のゆく

枯れ枯れの小さき中州暮れゆくに白鷺一羽いつまでも立つ

後戻りできない「時」と人に説き苦き思いのまた募りくる

親子

我は世にいなくてもいい人間と幼児より思いいて決断せしと

おのずから歩調合うらし対岸の遊歩道ゆく親子の連れの

きっちりとリズムをつけて歩く人白き手袋振り子のような

渦巻きは渦巻きながら流れゆく春あさき川ひかりの鈍く

ゆりかもめ処を変えて乱舞する餌を撒く人を追いかけていて

早春の川面をはしる雨にして小さき波の形の崩る

岸近く躊躇いながら付いて来る一羽の鴨よ何処まで来るの

わが妻に隠し子あると夢にみぬ覚めて驚くおかしな夢ぞ

寒ゆるび出でてきたれば水嵩の増えいて鴨ら岸の辺に寄る

裸木に明るき光射しながら厚着の子らの広場にまろぶ

野の縁を一筋流れ来る川の水の濁りて春ならんとす

川原にわずかに残る枯れ葦の白き光となりてそよげる

叱られて地べたにじっと畏まる老い犬水を背に浴びつつ

早春の遊園地の道乳母車甘き匂いをのこして過ぎる

めどたたぬ

かがみ込むこと叶わなく小鳥等の鳴声真似て呼びかけてやる

窓際のソファーに寝ねてもう何日めど立たぬ日のいつまでつづく

夜半覚めて明るむまでの長きかな暗闇の中小鳥も鳴かず

独り居の老いの淋しさ繰り返し歌いいし葉書いつしか途絶ゆ

脳梗塞より帰還し再び水田に立ちし喜び歌いていしが

母は長患いせずに逝きたりと子ら寄せ書きの葉書を呉れき

爽やかな歌集の届き間なくして癌による死を新聞報ず

百歳まで生きると歌う大き字の葉書来なくなりて幾年

麻酔

長時間となりし麻酔の所為というむかむかと緑の胆汁を吐く

窓の外見る暇もなく過ぎし日々車椅子歩行器杖とつづきて

我のこと憶えいてくれる誰かあるや認知症の人らに会いたし

退院は即「治りたること」にあらず細りし脚の回復するや

胴体に防具のようなコルセットつけたるままに今日も寝につく

よたよたと杖つき馴れし坂を下る向かいの人が見ていはいないか

留守電の信号無視してかけてくる低き声子は遠き地にいて

杖つきて転びし姿夢に見ぬ夢なればよし畏れはあれど

直接に

診察を再開せしに「また若くなりましたね」と媼の笑う

直接に見る故季節の身に沁みる川辺の木々の色づきている

街路樹の大き枯葉のさきがけて落ちる歩道を杖つきあるく

窓覆う檀は庭のなかば占め葉陰に今日も鳥が来ている

昼時の生徒らの声聞こえくる騒がしけれど一つの響き

藍色の空晴れわたる秋の日の橋渡りゆく半年ぶりか

杖つきて歩く足もとおぼつかな自転車は皆自ずと避ける

君を悲しむ

杖を持つ故にかはたまた老人と見ゆる故にか席譲られき

山裾の道をめぐりてバスはゆくむかし聖の歩きけむ道

二十年無難に過ぎし人にして潜みていたり狂気というもの

自らを追いつめてゆきまぼろしの声に苦しむ君をかなしむ

しっかりと赤ん坊を抱き近づける若き女に礼せり我は

夢

「完全なボケです頭はまっ白です」言葉はいつも簡明にして

ややありて「先生でしょう」と笑う半年の時いかに過ぎしや

上句に即座に下句を繋ぐ夜毎おらびてねむらぬ老いが

はばからず百六十歳と言いはなち睥睨するよう百一歳の顔

また杖を盗られましたとひそかにし涙ぐむ車椅子の媼の

半年をほとんど寝ねて過ごしたり空あおぐとき目眩の生ず

温かき強き匂いを漂わす町のはずれのプチレストラン

ぽこという音のしてより右の耳水たまるごと空に響ける

一ヶ月以内なら治ることもあるにと言われたり突発性難聴

応えなき百歳の母見舞うにも茫漠とせる時の淋しと

明け方の夢の目覚めははかなくて漂うごとし白けくるまで

夢ゆえに話したれども幾許か真実のこと包みておらむ

横雲のきれて差し来る日の光うつつか夢の中なることか

生死夢の境は何かとうたいたる人のはげしき怒りは何ぞ

もどり来ぬ

岸の辺に立つこともなく戻り来ぬ晴れし彼岸の日の寒くして

餌を放る人のあるらしゆりかもめ飛び交う群に鳶の加わる

肺炎を切りぬけ車椅子に坐し言葉失くせし人のほほえむ

経鼻管栄養により生かされて大き眼の稀にまばたく

春あさき京の小路をとつとつと歩きゆくわれ旅人ならず

閑かなる和菓子の店を過ぎてきて堤に出たりさくら咲きそむ

輝きを増してきたると思いしにはや食べ尽くされし庭の臘梅

時ならず堰開かれて水あふれ寒き川面に中州の見えず

高きより羽を浮かせて降りてくる白鷺中州にゆっくりと立つ

散らばりてじっと立ちいる白鷺の一羽飛び立ち一羽がつづく

川を越えくる春風のまだ寒し光のごときさざ波たちて

咲きさかる花の中よりつぎつぎととび去る目白仰ぎて立てば

にわかにし翳りて川面昏けれど立つさざなみが彩りなせる

抑留

頷きて見つむる目には力なし飲み込めなくなりて旬日

シベリアに抑留されし人と知り抑留のことに殊更触れず

遊歩道に垂れ下りいる古き柳纏まりのなし風のまにまに

芝草の繁りて流れ細くなり澄みたる水の光りつつゆく

浸かりいし痕の残れる中州にも水仙が咲く二株がほど

飛び石を伝いて渡る若き連れ中州の芝はまだ整わず

中州また大方水に浸かりたり低き柳が何本か立つ

堰越ゆる水の響きの高くなり若葉の五月何かに急かる

昨日見し親亀水に没しいて小亀の浮かぶ頭だけ出し

言葉にはならぬ

じっと見て「先生やろ」と声にだす既に妻子の分からぬ老いが

言葉にはならぬ言葉をつぶやきて枯木のごとき手を伸べてくる

一ヶ月後の診察予約せりかならず会わんよ九十八歳

夏至の日の白みくる空曇りいて曇りのなかに鳥も鳴かず

よたよたとフロアー歩く我を追い車椅子くる怒りをこめて

曇りたる空の彼方に昇りいる赤き日輪すでにちいさし

二階より手すりに寄りて下りるとき何処か近く山鳩の鳴く

一ヶ月経ちても記憶残りいるか名札に触れて先生と言う

「勝ち誇りたる如先生に言われし」と電カルにあり我のことにて

「苦しんでいるのになんで笑うのよ鬼じじいもう先生と言わない」

冷房の空気の振動右耳にひびくよ突発性難聴その後

連なりて湾曲なせる低き山緑かすみて稲田をかこむ

煌めきて昇る日輪山の端をはなれ暫くためらいている

目を凝らし見ればたしかに見えてくる窓の近くをとぶ秋茜

矩

「売り物にするな」と声を荒らげたる我に驚く矩を越えたり

十八年後の離婚を予定してそれを楽しみに生きているとう

快速に乗れたと語る若き女もう来ることのなからむか

白砂

白鷺の一羽いるのみ秋の日に中州は一面芝盛り上がる

澄み透る秋となりたり岸の辺の葦群をわけ釣り人覗く

水漬きいる中州の渚明るくて芝草ゆらすかいつぶり見ゆ

終園の楽の静かに流れくる涼しくなりし広場を過る

白砂の見えつつ流れゆく水の浅き処はきらきらとせる

第五歌集　社の道（平成二三年から平成二七年まで）

月山

はるばると訪い来し家の窓に見る雪の月山青空の下

職を辞し農営める人にして薪を蓄う雪の日のため

赤き実の生る南面の林檎畑地に縄文の土器を蔵すと

目下の最上の川は橋二つ架かりて静か海へとむかう

紅葉の盛り過ぎしがなお散らず道はうねりて山の端をゆく

夕光照りつつ早く暮れてゆく紅葉の山華やぎのなし

杖つける老いを支えてゆっくりと来るは親子か湯宿の廊下

大盛り

シベリアに抑留されし過去をもつ人の最後にうから集える

両手にて天井を指し何か言う老いの命のやがて終らん

かすかにも自分の名前を呼びたりと三人姉妹の末娘言う

「大盛りにしてください腹が空きます」と言いしよ予約診察の日に

野垂れ死にという死にのあり今の世にかたちの上で少なけれども

老い呆けて文色もわかぬ状態に人はなりゆく父も斯かりき

脳随の中の病理と言うは易し子の我の咎言うべくもなし

等々

翼状片硝子体剥離飛蚊症睡眠時無呼吸症候群

頸椎の椎間板ヘルニア脊柱管狭窄症突発性難聴

高血圧逆流性食道炎吐血十二指腸潰瘍瘢痕化等々

枯れ葦

川下のにぶき光に浮かびいる中州は温き枯れ色なして

枯れ枯れの中州の芝の破れ目に番の鴨のしずしずと入る

雪とけし中州にのこる水溜まり鴨の四五羽がしきりに漁る

枯れ伏せる葦の間を行く濁り水すぐに瀬となり音の響ける

枯れ葦に止まりて騒ぐ何の鳥濁れる水のとどまらなくに

折れ伏せる葦群もはや葦ならず溢れし水にながく浸かりて

穏やかな日差し浴びいる枯れ葦に群鳥がくる疾風のごとく

川の面の片側のみにさざ波の立ちいて今日の流れのはやし

川の辺に咲く山ざくら吹雪つつ広き川面を波さかのぼる

襲いくる波にそのままのまれたる命は何処に潜みて居るや

全開の堰にうねりて流れこむ水は確かなかたちをなして

堰の上堰の下手の繋がりて波打ちてゆく音も立てずに

増水に流されざりしかこともなくまた浮かびいる子亀幾匹

「たのみます」

たのみますよくきてくれた先生と手をあわす嫗胃瘻を保つ

姿勢よく廊下を徘徊する老いに伺い立てる頭をさげて

この声を憶えてと絶えず繰り返すとみに視力の落ちし嫗に

不意にくる左の下肢の攣縮の痛みに堪える朝の目覚めに

夏雲の中に重たく浮かびいて灰色の雲軍艦のごと

滑らかに堰を落ち来て響みつつ水はしばらく渦まき流る

芝草の高きがわずか見ゆるのみ中州はまたも水漬きている

映像の瓦礫の山の消えゆかぬ折れ伏す青葦目の前のこと

芝草の広場に下りて思案するかの如歩く一羽の鴉

児ら寄らず過ぎたる中州緑濃し夏の終りの日が過ぎてゆく

逝く夏の広場の芝に光り満ち松の高みに鳥がさけぶ

ちょこなんとベンチに坐る犬と人犬は過れる我を目で追う

漲りて流るる川に潜りいし川鵜飛びたつ飛沫の光る

柔らかき緑の色に覆われて浮かぶ中州は夢のごとしも

破顔一笑

しっかりと枕を抱いて徘徊する媼の顔の恥ずかしげなり

ハシ・チリシ肌着の下に溜め込むは農家に生まれ育ちし故と

馬鹿笑いすることなどはなかったと娘は言う惚けたる父親のこと

訝しげにじっと見つめる媼にてときに破顔一笑することもある

診察の度に静かに笑みくれて耳は聞こえぬという仕草する

白内障緑内障あれど認知症すすみてもはや検査はできぬ

自らの名を忘れたるこのひとの魂何処に潜みているや

磨り減る

山門の側道の石黒ずみて磨り減りており今年も通る

冬の日の穏やかにして薄曇る空の底ひを移る日輪

養魚池

久々に訪いたる園の養魚池大き真鯉の群れなして寄る

観覧車描かれている看板の色褪せ疾うに観覧車はなし

釣り堀を楽しむ人ら身構えるごとく坐し居る声もたてずに

時折に竿のしなうも静かにて掛かりし鮒をそのままはなつ

祝日の苑の明るくよちよちと歩くみどりご母親を呼ぶ

まだ寒き彼岸休みの苑に来て幼は養魚池をよろこぶ

君

病にて早く死にたる幸せを君は知らざり死にてしまえば

山並みを外れて低き山一つ冬の日に照り木々の浮き出づ

春となる鈍き川の面一陣の風過ぎゆくとさざなみ走る

雪雲の移りてゆけど翳りいし対岸の山翳りたるまま

動きいる雪雲の空低くして水漬く中州に鴨らのさわぐ

晴れ来たる空の光に山裾の田の面にのこる雪のかがやく

温かき日差しに午後は春の雲多く浮かびて雪山かすむ

川下の早き流れに潜りたる鴨に如何なる力のはたらく

社の道

閑かなる村の社の道にして桜の花のしきりにふぶく

まだ残る鴨の小さき群れに降り川鵜は大き羽根を広げる

ゆらゆらと水辺に浮かぶ亀の見ゆ小亀はわけて漂うごとし

浸かりいし中州の芝の乱れいて春の光を浴びつつ乾く

近づいてくれるなという手の仕草柔和なるこの老いにはめずらし

回れ右して我を避けんとする媼かすかに笑みを湛えて

張られいる金網錆びし橋の下水は彼方の暗渠にむかう

偶々に広場の芝を過る時ふわふわとしてズックの相応う

露出せるコンクリートに連なりて頸のばす亀初夏の川

かるやかに糸放るたび手の先の竿の光るを遠くより見る

川下の浅き流れに挟まれて色あざやけき中州の緑

ゆるゆると螺旋の管を降りてきて幼はしばし蹲りたり

芝草を駆け戻りくる小さき犬指示を待ちおり息継ぎながら

岸の辺の流れの外の水に浮き一匹の亀迷いたるごと

倒れたる青葦水に浸かりつつ葉先は既に頭をもたぐ

鴨の群去りし川の面淋しかり川鵜は水に頸を出しいて

しぼりだす

葉の陰に群れなす若き実の濡れて雫しており庭の檀の

常のごと浮かぶ笑顔はすぐさまに泣顔となる媼弱りて

「先生の腰が私に染まりました」明るき顔に腰痛を言う

菊の花育てていたと聞きましたと話してより笑顔を見せる

父親に対する不満まず言いき働かぬのっぺらぼうの若者

しぼりだすごとく笑いて苦しそう障害の児を持つ母親の

立ち上がり威嚇してくる若者の荒れたる顔を只にみつむる

自転車にて広場を来たる幼児はコンクリートの隘路も通る

乏しらに蝉の鳴きいる広場にて種類ことなる声のまじれる

水より出でて

中州また半ば浸かりて緑濃し白鷺降り立つときに輝く

時折に川鵜は長き頸をのべ空翔りゆく水より出でて

時時の放流量を決めている赤煉瓦館岸の上にたつ

日によりて流れの変わる堰の下広き流れの堤をあるく

夏の日のこどもの広場静かなり木馬のまわり雑草の伸ぶ

伴える人なき幼児四人来て或るはぶらんこ激しく揺らす

突発性難聴その後茫漠とせる耳脳髄侵しつつぃん

雑草をわけてベンチに座らんか吹かるるチガヤ軽やかにして

溢れいし水の澄みつつ片側の傾げる土手に咲く彼岸花

糸垂らし渚にいるは中学生か秋日の下に落ち着きのなし

截然と仕切られたりし川の水堰より落つる音のとどろく

泣き叫ぶ如く騒げる園児らの声の聞こゆる田圃の道に

住み分けて中州を漁る鴨と鷺鴨は水辺にしきりに動く

反応

何らかの反応じっと待つ我に顔は歪みて泣くごとくになる

あの世から迎えに来るねと言う媼我よりも歳上と聞かされ

胃瘻にて命を繋ぐ老いにして腰の褥瘡なかなか癒えぬ

イレウスの手術を終えて戻りたる九十の老い食のすすまず

このままでいいのこれからどうなるの不安げに言う媼はいつも

「**たすけてください**」

遠くから我が唇に手を置くと媼の高き声のしずまる

ふくよかな頬のかすかに震えつつ何か言う老い済まなそうに

私語の声なき昼どきの淋しきにおいしかったなと呟く一人

早口に熱心に言う老いにして言葉に意味の繋がり見えず

車椅子に常目を閉じている媼時々おらぶ「たすけてください」

近よりて言葉かければ困惑し眼を閉ず言葉壊われし媼

脈絡のなき言の葉の口にでる言葉壊われし優しき媼

暖かく見ゆ

水嵩の増えし流れの縁となり枯葦叢の温かく見ゆ

かたち良き山の麓に一本の道の通りて家並びたり

冬枯れの広場を占めて幾組か防寒着の老い硬き球を打つ

硬質の球音ひびく寒き午後芝は昨夜の雨に湿れる

枯れ残る松の幾本空ひろくなりし広場にごつごつと立つ

遠山はしぐれいるらし川の辺の我は帰らな杖つきながら

風ありて川の面光る淀みいし春となる水きらきら光る

川底の見ゆる流れの静かにて一羽の川鵜潜りつつゆく

枯れ枯れの葦群吹かれ清しかり春の風まだ冷たけれども

子には子の

子には子の世界のあれば行方知れず砂場の親の話の弾み

乾きたる枯芝なにか温かそう走り来て児は腹這いになる

苔むせる桜の古木にわかにも蕾ふくらみ梢の勢う

日曜の校舎の見えて広場には母子が遊ぶ球を投げ合い

広場には一輪車に乗る少女いて漕ぎつつ両手に携帯を見る

芝草の刈られし広場老い人ら色とりどりの硬き球をうつ

花びらのふぶく広場に球を打つ老い人ら花を見ることもなし

新学期始まり静かな広場にてアカネモチ萌ゆ木馬に近く

青空の下に高々立つ欅新芽の隙に青空が見ゆ

傍らに自転車を置き本をよむ少女に春の時間がすぎる

松の木の枝から枝に移るとき雀羽搏く近き枝ゆえ

人去ればすかさず降りて餌を拾う嘴太鴉ベンチの傍

転ぶごと雀らさわぐ雑草の刈り取られたる芝生の上を

ぎっしりと細かき葉っぱ茂りいる楓熱きこの夏の日に

若者

不安げなる目をして母の方を見るこの若者の生は如何なる

黙しいるのみにて今日も時のゆくおののくはこの若者ならず

執らわれから一瞬たりとも放たれぬこの苦しみは何処よりくる

十姉妹老ゆ

巣に帰る力のなくて幾度も羽搏きころぶ十姉妹老ゆ

擦り切れし尾羽痛々し十姉妹巣に戻らんとまたしても落つ

顔だして心配そうに呼びかける幾度も転ぶ老いし十姉妹に

庭隅の土に眠るは幾骸十姉妹遂に一羽になりたり

さざ波の消えて川面に対岸の赤い煉瓦の館が浮かぶ

ゆっくりと流れる川に秋の日の白雲ゆらぐ底深くして

幾組かまじる砂場の親子にて子はもくもくと砂をいじくる

見る人のいない広場の小さき舞台女童ふたり踊りに興ず

唐突に背を反らしつつ泣きわめく幼に母親動じず

切迫した時間と切に訴えるに相手にされない夢の中の事

新しき靴のなじまず広場にも寄らず枯葉の坂道帰る

秋の日の明るき広場三本の枯れし松の木ことに目にたつ

争いて先に乗りたる幼児の目移りはやし木馬を離る

視線を浴びて

芝草の疎らになりし広場には銀杏の小さき黄の葉の敷ける

小春日の広場に集う老い人ら木の球を打つ視線をあびて

老い人の叩く木の球おおどかに転がる枯れし芝生の上を

寒風にはためく低き旗いくつ木の球たたく音の響きて

冬至過ぎし空の澄みいて白雲の浮かぶ山並み翳りてきたり

ただ一人子ども広場にいる少女縄跳びをする滑り台の傍

風寒き枯木の広場ふんわりと鳶の降りきて吹かれつつ舞う

花びらのさわだつごとく羽搏きて鴨ら時折川面を移る

曖昧な記憶のままに話しゆき知らず知らずに作話なしたり

連れられて行きし一日の旅なるにただに懐かし岩国宮島

さざ波の一面に立つ寒き川流るるとも見えず鈍き色して

鴨

臘梅はいまだ枯木の如くにて稀にくる鴨すぐに飛び立つ

番にて競えるがごと黄の花を啄み鵯の花びら零す

日に透ける黄の花びらを啄みて鵯さわぐ揺るる小枝に

揺れながら見渡している鵯一羽食べ終わりたる臘梅の梢

木の下の器の水を鵯は飲みとび移りゆく梢の花に

夕づきて砂場の子等の去ぬるべしさ庭の鵯も啄みて去る

臘梅の柔らかき葉を少しだけついばむ鵯十二月の庭

明日はまた雨との報に出でて来ぬ枯木の林仰ぎつつゆく

水漬きいる中州あかるし枯芝の間ところどころ光りて

低山の片側かげり寒けきに遥かかなたの山に日の照る

冬空は青くして雲の低く垂れかたちを保ちゆっくり移る

ひんやりとする道杜の裏手にて小笹がさわぐ微かな風に

点検をするため空になっている長き水路の見ゆる冬の日

公園の外れの小さきアパートに移り来て一人媼の生きる

ブレーキやブレーキやと後を追う声に抗うような二輪車

解答の一つではない例として尖閣持ち出す彼の認識

吐き出しても吐き出しても全身が融解しているように痰が出る

のっぺりとした顔が害毒垂れ流しずぶずぶ沈んでゆく日本

かつかつに

梢にはすでに見えなく芝草の上に静かに敷ける花びら

水減りし広き流れのなかにして春の中州はしっかりと在る

靡き臥す枯葦叢の枯れしまま新しき芽に小さき蝶の寄る

青空の下にさわだつ川の面の重々しく見ゆ春の光に

母も子もひと休みして憩うとき子ども広場に花びらながる

かつかつに足先とどく幼児の二輪車ころぶ手を離されて

遊び場の最後のコース砂場のよう親もまじりて砂いじりする

川に沿い若葉は芽吹くほんのりと浮かぶ白雲空にまぎれて

切り株

稚くて枯れたる松のいつのまに片付けられて目立たぬ切り株

今年また伐られし松の切株は角ありてまだ芝生に馴染まず

年々に枯れし松の木切株は芝生の隅に片寄りている

新しき松の切株対をなしオブジェのごとし芝草の中

今年また枯れし広場の松の木が短く切られ積まれていたり

芝草をついばむ烏ゆれている松の高みにかくれる雀

足もとの覚束なくもみどりごは帽子を放り意思表示する

広場には白詰草の伸びていてひらひらとしじみ蝶の寄りゆく

雲ひくく降りきて梅雨の空あやし黒き影とし川鵜のよぎる

黒ぐろとしげる欅は蒸し暑き子ども広場の背後にたてり

二羽三羽連れ立ち川鵜空をゆく漂うようにゆらゆらとして

午後三時

午後三時ケーキの屑の飛び散りてひと時饗宴のごときリビング

「殺して」と「助けて」とを繰り返し叫ぶ媼の食衰えず

「おはよう」を「こんにちは」にさっと言い直す媼は窓に目を走らせて

手を伸ばし隣の人のクッキーを失敬して知らぬ顔をしている

ぼそぼそとクッキー食べて時を遣るこころの内は知るべくもなし

お互いに何話すなく時の過ぎ忙しく動く介助の人の

彼岸

杖つきて角を曲がると両の手に杖をもつ人よろよろと来る

老いてかく苦しむなどと思わざりき飄々とせるボケもあらんに

もの の名は忘れてゆくにいつまでも忘れ得ぬことまた浮かびくる

目の前のまだ緑なる低き山朝の光が木々の上に照る

夏の日の終らんとする広場にて木々くっきりと芝に影を置く

一匹の蜜蜂が来て一枝の花群さわぐ百日紅の

思い切り芝草伸びて緑濃しようやく晴れし九月の広場

川風はさすがに涼し岸の辺の山桜の葉の折々そよぐ

藍ふかき九月の空に浮かびいる白雲の群動くと見えず

川の面はすでに翳りてささざなみの立ちつつ堰に近づいていく

山並みを外れて低き一つ山いつよりか道の消えいしときく

ついそこの屋根の上から顔をだし雲真あたらし秋日となりて

日の当らぬ下びは薄墨色をなし雲の群れいる秋空の下

その下に折々憩う川の辺の大き松の木枯れ始めたり

穏やかな秋の彼岸の川面にてさざなみ立たぬひとときがある

形よき低き山僅か色づきて朝のひかりに襞まで見ゆる

はや渡り来たるか鴨の小さき群日当る岸のちかくに浮かぶ

あらかじめ寒き一日をこもるとき窓に檀の細き葉の散る

大雨の予報のはずれ晩秋の空の明かるし夕かたまけて

弾けいる檀は梢に小さくてかがやく枯葉の中にほの見ゆ

騒ぎつつ檀の弾けし実をつつき小鳥二三羽風のごと去る

始発にて座れる故に山間をゆるゆるとゆく電車で通う

昔物語などして門前の媼から購う小鮎炊きの一パック

岸に立つ大き銀杏の一本が黄に輝きて西日をかえす

川の面は日に照りながら紅葉の岸の楓をおぼろに映す

にわかにも

にわかにも時雨れんとして暗けれど一つ低山近々とあり

土手下の小さきマンション冬なれば裸の木々に囲まれている

いく層もかさなるような翳りもつ雪雲が野の上にひろがる

ひと時を騒がし時雨去りし後思い出したるごとく日が差す

水嵩の減りてなにがなくすむ川中州の芝も黄に末枯れて

華やぎし檀大方散りゆきぬ梢にのこる実は仄かにて

寒風の吹くべくなりて川の面にさわだつ小さき波の鋭し

いつの間に枯れし松の木寒空に死後強直の兆しているか

百年の時間を持ちし松の木の伐られて川辺空しくなりたり

冬の日は青き空より差してきて川底見ゆる水の寒むけし

日の当る岸辺の方に片寄りて鴨らは浮かび眠りいるのも

雲間より差し来る光明るくて暮れゆく川面暖かく見ゆ

冬至すぎの川の面光る三日前寒気迫りて雪ふりしかば

冬雲の中に青空見えていて一つ低山西日に明かる

川の辺の枯木並木に新年の光そそぐと心つつまし

立春

水漬きたる中州は冬の日を受けて枯芝が立つ処どころに

日に照りて整然と立つさざなみの翳ればただに広き川の面

立春の日の空いつか晴れて来ぬ近くに見えて色やわらかし

連なれる山々くっきり浮かび出てなかなか暮れぬ立春の空

抜き出でて高き欅の枯木にて枝枝移る小さき鳥の見ゆ

静かなる広場の一角立春の日の暮れ方のプールはなやぐ

吹く風はまだ寒けれど昼の空かすみて連なる山々見えず

湿りたる芝草踏み行く足もとに冬終りしと一度は思いき

対岸の赤き煉瓦のおぼろにて川面に映りやや色深し

楓の繊き小枝はくきやかに空を刺しいる春くる空を

おぼろなる空を仰ぐに日は見えぬおぼろに白く空の滲みて

ゆっくりと羽を広げて春近き広場を低く鳥のよぎる

柔らかに色づく広場老い人が杖を頼りに歩行訓練してる

キンクロハジロ

流れゆく昏き川の面きらきらしキンクロハジロ腹白くして

滑らかな春の彼岸の川の面をしきりに乱すキンクロハジロ

まだ残るキンクロハジロ幾つかの群のあるらし広がりながら

とびとびに向うの方まで連なりてキンクロハジロ白き腹見す

離れいし二羽おもむろに戻りくるキンクロハジロ小さき群に

いくたびか水に浸かりし中州なり整う間のなく春の日となる

睡眠学という学問を生み出した優しき時代嘆かざらめや

花びらの敷ける草生に転りて小さき犬の背を擦りいる

花すぎし春の門前市にしてままごとの如骨董店のある

さざ波の立ちつつ流れゆく水のきらきら光る見下ろすときに

川の辺に疎らにのこる枯葦の高き一穂折々揺れる

襞いくつわからぬほどに若葉萌え青空の下山の浮き出づ

心地よき風の吹ききて波のたつ五月の川面いきいきとせる

ぶらんこ

砂遊びするみどりごのすぐ近く葉桜の中山鳩の鳴く

葉は既に繁りて幹と釣り合いぬ欅の大樹一隅に立つ

騒ぎつつ芝生を走る雀二羽声あげ後を追いゆくみどりご

茂りたる欅の緑暗くして風にもまれる広場の隅で

ぶらんこは大きく揺れて楽しそう幼ますます力を入れる

風吹きてさわだつ川面さわぎつつ浅き瀬の如堰へと流る

杖つきて短き坂を下らんに我の足腰よろよろとする

広場への道に桜の葉の茂りもの音遮断するごと静か

雑草の伸びて乱れし芝草の色深かく見ゆ低き曇りに

緩やかに堰に向ってゆく川の波の立たねば流ると見えず

老い人の後追うようにしじみ蝶雑草伸びし芝ひくく飛ぶ

遠山は一様にして翳りつつ梅雨の晴れ間の広場明るし

梅雨雲の下に山並み翳りいてしずかに空の動きつつあり

堰の下溢れる川の昏くして水の匂えるややなまぐさく

対岸の濃き緑なる小さき山梅雨の曇りの川面に映る

藍深き中にわずかに白雲の浮かびいる空梅雨明けし空

満ち満ちて流れゆく川時折に見え隠れして長き藻のゆく

幾日も雨に打たれし広場にて清々しき砂ころがる松毬

昨日晴れ今日また低く雲の垂れ梅雨明の空まだ定まらず

夕映えの美しかりし夏祭り半円の月見上げて帰る

明るくて

杖をつき出て来し秋の広場には今年枯れたる松の木の立つ

遠くまで光りつつゆく秋の川片側の山しずかに照りて

連休の秋の日の晴れ砂場にはみどりご遊ぶただ黙々と

よちよちと歩くみどりご見守りつつ子ども広場を外れる父子

秋分の日の暮れ方の明るくて杖つきながら坂を下りぬ

水の上のワイヤロープにとまりいて鳩ら川面の風に吹かれる

何思い飛びあがりたる白鷺や流れの上をゆらゆらとゆく

川の面はすでに翳りてさわだつにまだ幾たりか釣人の立つ

さざ波も立てず川の面ゆっくりと口を開けいる堰に近づく

剪定の鋏の音の心地よしさるすべりの枝切り落とされる

色褪せし袴腰山翳りつつ広場にはまだ子供らの声

昼前の冬の日淡く行きずりの人に言葉を返して通る

さざ波のさかのぼりゆく川の面何時帰りしや鴨らの眠る

芝生には落葉がたまる裸木となりたる高き欅のめぐり

冬至には

出でて来て明るき広場に戸惑いぬ季の巡りの定まらぬ冬

対岸は時折車過ぎるのみ白壁の家西日をあびて

冬至にはまだ二日ある穏やかな午後の広場に杖つきて来る

第六歌集　袴腰山（平成二八年以降）

節分

怠りて過ぎし睦月の庭隅に蝋梅の花かがやき保つ

コート着てふる雪の下歩きたり節分の日の記憶はいつも

川の面の寒けくて身の引き締まる立春の日の朝はやきバス

金木犀

庭隅の金木犀の下に来てときどきじっとしている黒猫

寒き日の車より見る堰の下水満ちる川何と言うべき

刈り込まれ枯れしと見えし南天の一本の先芽をだす若葉

移りつつうぐいすが鳴く声ひくくうぐいすの鳴くまぼろしの如

食道がん患い不思議に永らえし人の逝きたりいい人なりき

川に沿いつづく桜の若木ゆえ花の少なくさわやかに見ゆ

我無力なり

百歳に近き媼のこころ癒えず怖れいし被毒妄想口にす

凝りたる媼のこころほぐさんに寄り添うほかなき我無力なり

黄の蝶

かの山の麓を始発点として走りくるバス堤も走る

さざ波の僅か立つのみ翳らいて時の感じを無くせし川面

ぱらつきし小雨上がりて幾たりか芝生に遊ぶ子らのおとなし

薄曇る五月の空のしっとりと岸辺は木々の緑したたる

川の面はためらうように堰に入る曇りのつづく五月の終り

梅雨曇る広場は木々の影のなく黄の蝶ひとつひらひらと消ゆ

梅雨雲のひと時切れて明るめど川面は鈍きさざ波のたつ

全開の堰

雑草はまた伸びていて広場には梅雨の晴れ間に誰も居ない

梅雨雲の切れつつ雨の落ちてくる危うき空に杖つき急ぐ

ほんのりと靄の立ちこめ山並みの霞みて堰の水音ひびく

全開の堰に近づき滑らかな川の面低くうねりて進む

梅雨雲の下をゆっくり流れ来て吸い込まるるごと堰に入る水

段差なき全開の堰過ぎし水波うちて広き川にあふれる

靴の紐ほどけいるのを結ばんと見知らぬ媼声かけてくれき

櫓

堰落ちる水のみ白く滾《たぎ》ちいて広き川の面翳りいるよう

蒸し暑き川の辺りやさざ波の立つとき少し涼しくあるか

山並みは曇りの下にしっとりと緑融け合い鎮まりて見ゆ

堰の下流れの上を飛び交いて時々水をつつく燕ら

芝草の刈られて広場蒸し暑く草の匂いのまだ残りいる

菊作り

稚き松また枯れていて暑き日を受けて立ちおり戦ぐことなし

水減りし堰の下手に集まりて小鷺立ちいるときに羽搏き

灰色の雲の垂れいる川の面に走るさざ波急くごと走る

菊作り真に願いしことあるやはかなき思い目覚めの床に

一つのみ開く堰にてゆるやかに流れる川面翳りの深し

翳る

生い茂る欅の大き木の下にはや翳りゆく子どもの広場

秋の日は穏やかに差し暮れゆくに広場の芝の潤いを持つ

白き雲茜帯びつつ浮かびいて翳りし広き川面に映える

自転車を避けてたたずむ橋の上長月の空晴れると見えず

川面

道の辺に雑草生える地下鉄の出入り口ひょいと人の出てくる

芝生やや緑の褪せてあちこちに伸びし萱草茫ぼうと立つ

十月の昏き流れを見つつゆく川面は澄みて波も立たなく

芝の上切り株高く遺しいる壮年の松記念するよう

落ち着かぬ心鎮めん手だてなし蒼く澄みたる秋の日のあれ

霜月

午後すでに傾ぐ日輪霜月の雲なき空に光をはなつ

目の前の一つの山のかすみつつ隈なく照れる日の暖かし

日を置きて来れば大方葉を落とし冬に入りゆく桜の古木

自ずから輝き発し霜月の空にのびたり銀杏の黄葉

怖れなく近づく幼手をのばし身の丈ほどの犬に触れたり

霜月の空の崩れの早くして色づく山のたちまち隠る

かく老いて

かく老いてなお繰り返し見る夢に目覚める我の許されてあれ

日は落ちて空澄みゆくに紅葉の低き山々翳りてつづく

銘酒とう実質あれど一口にてくらくらとする我には重し

土手の辺の松何本も枯れていき速き流れは暗渠に向かう

立ち上がる時にかすかに目眩する体調のこと言うべくもなし

山裾の暗渠に水は流れ入り紅葉を濡らし時雨のすぎる

櫟葉の黄葉の色は褪せたるに冬至の日の空なにか黄ばめる

偶々に

さまざまなケースを胸に想い浮かべ朝床にわれ祈らんとする

輪の中に入れない一人いつも想う「お手てつないで」というけれど

偶々に話しやすき状況になりて言い出す予期せぬことを

展望のみえないことを穏やかに語る女のこれからの生

四十年の長き関わり自分より先生のことの方が心配と

暮れる

大空の輝き日輪沈むとき川面にキンクロハジロのさわぐ

枯れ枯れの中州に鳥の影のなく堰の下手の川の暮れゆく
川の面はキンクロハジロ散りばめて陰影深き冬の日暮れる
立春に近き光の澄みわたり入り日のとどく寒き川の面
きさらぎの終わらんとして晴れわたる小さな雲は添え物にして
水満てる堰の上手に集まりてキンクロハジロ西日にひかる

あっけなし

袴腰山の近くを曲がりゆきマラソンランナー瀬田川を越ゆ
地響きを立てて過ぎ行く一団の一瞬にしてあっけなし

おぼろなる曇りは弥生岸に寄りキンクロハジロ数の減りいる

水の辺に人が立つとき徐々徐々にキンクロハジロ群の移動す

いましがた時雨の降りし川の面のきらめく淡き光の差して

かたちも見えぬ

滑らかな川の面鈍く逆光の中に浮きいるキンクロハジロ

まだ残るキンクロハジロ時折に羽搏くときの白きその胸

車押しよろよろと来る老い人と杖をつく我とすれ違いたり

「大分咲きましたね」「降らねばよいですが」独り言めくすれ違う時

さくら咲く小雨の広場誰も居ぬ袴腰山かたちも見えぬ

能面教室

杖つきて広場を歩く久しぶりぞ密かなる夢あれば愉しく

春浅き川を渡って行かんとすチラシで知りし能面教室

型紙に依りて彫るとは知らざりき需めに応じし江戸の技術と

さしあたり貰って帰る木の塊の一個彫刻刀の一揃い

面打ちの手ほどき受ける我なるか春の光にきらめく川面

行き帰り川面見て過ぐ能面の教室ものを言うことすくなし

型紙に依りて彫る故導きのなくては不安能面教室

ごつごつと少し象をなしてくる初めて彫刻刀を手にして

杖ついてやっと戻りぬ長き橋いつまで行ける能面教室

裏側を彫るしばらくは細やかな配慮は忘れひたすらに彫る

能面の教室盆の休みにて暑き夏の日徒らに過ぐ

彫り終えて最後の仕上げ白き粉を丁寧に練る一人の女

恩という言葉を不意に口にする能面教室仲間の一人

一年はいつか過ぎしが面一ついまだ成らざり能面教室

昨日晴れ今日は時雨の雲の急く能面教室われ一人にて

口元と目元に空隙ある故に若き面の妖しさ放つ

消えゆかぬ恥の意識は面を彫るわれの表に顕われいるや

寒風を避けて歩くに橋を越えて行かねばならぬ能面教室

はじめての能面サマになりたるか目元口元手を入れてくれ

面一つやっと彫り終えくり返しくり返しぬる白き胡粉を

ようやくに能面教室一段落今日の川風とりわけ涼し

満開

寒さまた俄かにもどり満開のさくらの下に人のつつまし

波ゆるむ川面に僅か残りいるキンクロハジロ明日は発つべし

ゲーム終え桜の花の下に坐す老い人なにか武士のように見ゆ

花散りし桜の梢ほのかなり芽吹く若葉のととのいてきて

音のなき昼前の坂下るなり燃ゆる若葉の山を背にして

昼の間のうぐいすが鳴く呼びかけるごとく時折うぐいすの鳴く

崩れゆく松の切り株ぼろぼろになりたるもあり芝草の中

こともなく日常は過ぐことごとく伐られていたり疎水べりの松

濁りたる川に五月の風の吹き一面荒れつつ波さかのぼる

参道の両側キリシマツツジ咲く小いさき花のあかあかと燃ゆ

隣の媼

朝夕に会えばかならず声かけし隣の媼いつよりか見ず

穏やかに微笑む顔の美しかりきお風呂の水に溺れていしと

主人ですと紹介されし橋の上どなたなりしやただ笑うのみ

袴腰山とう言葉に馴染みきぬ近くに仰ぐかたちよき山

近所からなにか小言のあったらし淋しそうに言う独り居の媼

梅雨明けし空には雲の残りいてさわだつ川面きらめくでなし

杖つきて下る歩道に落ちている木槿の花はた百日紅の花

楠の一樹残して川の辺の小さき草生を無くしたコンビニ

ピッコロは小さき横笛静かなる楽の流れにときどき映る

幾度か目覚めていつか眠りいる眠りは我のものとなりたり

蝉の声潮のごとく昂まりてまたつづきゆくわが窓の外

遊歩道

僅かなる坂を下るに下を見て一歩一歩確かめて踏む

遊歩道の車いすの老い我に言う少年兵たりし日のこと

信号の変わりて川に沿う道に留りいし時動きはじめる

バランスを失い転倒する時に手に持つ杖は支えにならず

パラオにて生き残りたる人と知る薬なくては眠れぬという

杖をつく我を待ちいる如くにて川を見ている車いすの老い

眠り

台風の去りて秋の日落ち着くか川面を走るやや大き波

公園に数本残る松の木の陰影深し青空の下

去年枯れし大きな松の切り株が黒々とあり芝草の中

あらかじめ散りし枯葉の吹かれいて秋の光のあらためて差す

蔓延《はびこ》りし葛の伐られて秋の日の差しくる小さき橋の上に立つ

秋彼岸過ぎし広場に出でて来ぬ杖つく我は力尽くして

恥ずかしき己の姿つぎつぎにあらわれてくる闇の中から

諦めしごとくいつしか眠りたり不思議と夢を見ることのなく

黒き羽根

玄関の石段にひとつ落ちている鴉の黒き羽根の艶めく
低き旗垂れいるポール目指しつつ球の転がる赤青白黄
芝の上吹かれつつ飛ぶ黄の蝶のベンチの我の近くにもくる
台風の名残の水の溢れいてうねりつつくる晩秋の川
晩秋の濁りし広き川の上光りつつゆく白鷺一羽
色づきし桜の枯れ葉二三枚梢を離るかすかな風に

蕎麦処

川の辺の名前変わりし蕎麦処杖ついて来るながくつづけよ

低き雲まだ残りいて明け方に時雨の止みし川の面くらし

水減りし堰の下手の静かなり霜月なかば川渡るとき

ヤブ医者と罵られたることのあり臨終に誰を求めていしや

「もう少し母と一緒に居たいので胃瘻お願い致します」とぞ

冬至過ぎ

堰一つ開かれていて激ち来る速き流れにかすか目眩す

戻り来しキンクロハジロ点々と浮かび岸辺の数羽が騒ぐ

夕映えの残る川面に浮かびいてキンクロハジロ落ちつかなくに

雑草も芝も刈られてむき出しの広場明かるし冬を迎える

さくら咲く小雨の広場誰も居ぬ袴腰山かたちも見えぬ

川の面の日当たる方に片よりてキンクロハジロ白き腹を見す

爽やかに冬日差しいる枯れ色の広場にいくつ松の切り株

柔和なる

カーテンを透きて見えいる大き影蝋梅の木をつつく鵯

粉雪の吹雪く川面に僅か居るキンクロハジロ波と紛るる

目の前の大き山はや翳りいて彼方の山のほのかにふぶく

危うくも肺炎癒えし胃瘻の人聖者のごとき顔貌をせり

嚥下する力なくなり今はただ小さき小いさき筋右衛門となる

いまなにを考えてるのと問うとそんなこと言われてもと笑顔が消える

柔和なる君の怒りは何なるか病室一瞬息をのみたり

父母恋し

窓の外見ることもなく春がきて彼岸の大雪テレビにて知る

真夜覚めて痼疾のごとく湧く思い軽がるとわれ詐りて過ぎき

手に持てる石が実感できたなら何も要らぬともがきたりしよ

自らにこだわり生きし一生かと能なき吾を赦し給わな

医師という仮面の下に生きたりき常微笑むは無意識にして

腹にある棒切れ如何に取り出すか静かに続く夢に目覚める

茫漠と過ぎし時間は何なるや我が科にして父母恋し

暇のなし

窓の外何処か梢で鳴いている季節はずれのような鶯

鉄柵の間を擦り抜け日に幾度猫は隣の庭に出てゆく

ブザー押し花の名聞きし人のありライラック白き花終りたり

咲き出すと鵯が来てついばめり庭の蝋梅咲く暇のなし

朝の光

カーテンを透きてようやく光さす梅雨に入らん前の輝き

蝋梅の大き葉みどり漲りて木下に二本額あじさいの咲く

今日もまた疼痛脱力襲いきて崩れる身体危うく支う

空を見ることなく過ぎる日々にして朝の光の既に差しいる

健やけき朝の光よ横臥にて見上げる窓のカーテンに照る

鶯

忙しなく葉陰に騒ぐうぐいすの一声二声鳴きて飛び去る
鶯はちいさな小鳥小枝から小枝に跳ねて止まることなし
雨の日の窓ほの暗く枕頭に豆電球を灯して臥せる
杖をつきトイレに行くに足腰の力の抜けて崩れんとする

躰の一部

緑濃くなりし葉何か重たそう蝋梅は枝の伸びやすくして

肉落ち左の下肢の重くして支えるのみに激痛走る

茂りたる庭を折々過る猫顔あげてじっとこっちを見て行く

さ庭には若葉青葉がぎっしりと犇めき小鳥くることもなし

左下肢躯の一部という意識すでに大方無くしているらし

肥大する過去

伝いつつやっと歩くに後一歩のところで力抜けて倒れる

朝から疲れつついておずおずと鳴き出す庭の蝉の声をきく

玄関の七段の階上らんに身はためらえり下肢に力なく

幾月か窓から空を見るのみに肥大する過去我の危うし

再手術

天井の漆喰の中花のごと毛細血管が見ゆ疲れし心に

新生の我に見よとぞ稲の穂の黄に色づきて力のみちる

車椅子に座して見ており宙に浮く車道の上を行き交う車

明日にはまた台風の来るという日本の空深々と蒼し

甦る我のいのちか台風は日本列島縦断して去る

リハビリ

ペアとなり倒れし人を支えつつ寄り添う仕事若き人らの

若き声喧騒のごと部屋に満ち自ずと進むリハビリテーション

帰り来て下肢の力を測らんと歩道を歩く杖つきながら

リハビリの為に歩けば歩道には凹凸ありて心もとなし

晴れわたる秋の日の午後たどたどと歩道を歩く行き戻りして

リハビリの為杖をつきでこぼこの歩道を歩く寒き朝も

もう少し足をのばして行ってみん帰りに休む処のあれば

霜月の朧なる朝日輪はかすみてどこか鴉がさけぶ

かえるでの枯葉はみんな裏を見せ折々吹かる歩道の上を

足重くなればしばらく身を預く歩道の傍の石温かし

屋根

屋根の上軽々歩き仕事する若者一人青空の下

青空の下の白雲日輪の方へと走り透きつつ光る

良く晴れし師走の日差し暖かし杖つく歩行力が入る

ナルコレプシー幾度も脳に叩きこみしが出てこないナルコレプシー

他人のことでもじっとしている叱ってはいけないと担任言いしとぞ

寅さんのビデオに今にして気づく人を愛せない男の話

蝋梅

きさらぎの薄き雲より日の差して粉雪が飛ぶここにもそこにも

緩やかな坂の下の川見えねども空には浮かぶ夕茜雲

きさらぎの夕べの空の明るくて杖つき歩く風さむけれど

カーテンに影を映して鵯が来る蝋梅の花残るきさらぎ

きさらぎの細かき雨の降り来たり蝋梅の花時に雫す

近くまで飛んで来た鶲蝋梅の花には行かずじっとしている

色褪せて弥生半ばにまだ残る小鳥の来ない蝋梅の花

マンサクは空に伸びつつ纏まりて黄の輝きを周りに放つ

芋虫の這う様思い朝々に難儀して履く弾性ソックス

お隣の嫗ホームに入りしとう車置き場に車のあらず

迷い入りし羽虫暫くじっとしてちょろちょろと明るき方へ這う

尾を振れる子犬の散歩に遅れたり杖つく我のリハビリ歩行は

門の扉の脇に白薔薇咲いていていて歩道の上に重なる花びら

丁度一年ですと謝意を表すと口数少なき主治医微笑む

無罪放免ですかと質すと少し困った顔をする主治医

袴腰山を見上げて佇む時介護車が行く一台二台

大津の電車

山下のトンネル抜けて谷間をめぐりつつゆく大津の電車

大谷という名の小さき駅のあり名にし負う逢坂山の麓に

壊れそうな古びた家のすぐ側をゆっくりとゆく大津の電車

沿線の若葉は触れんばかりにてゆっくり走る大津の電車

袴腰山

袴腰山の頂平らにて木々の梢が空を画せり

屋根屋根の向こうの空を占めている袴腰山わずか色づく

薄雲る霜月の空晴れんとし静かにけむる袴腰山

一筋の道をそろそろ歩むとき見えいる袴腰山低くなる

袴腰山に迫れる灰色の雲の上かがやく日輪がある

霜月は終わらんとして色づきし袴腰山暖かそうに見ゆ

寒くなりし夕べの空の明るくて袴腰山黄葉静まる

黄葉の中に疎らに混じりいる緑の深し袴腰山

雲低く移る師走の空にして袴腰山黄葉の陰る

黄葉散りし袴腰山静かなり仰ぎつつゆく杖つきながら

袴腰山の後ろの白雲に夕光差して空の明るむ

枯木けぶる袴腰山の上灰色の雲群れつつ急ぐ

ひっそりと冬至過ぎたり目の前に袴腰山おぼろに煙る

立春の日の空荒れて袴腰山の頂枯木そよぐか

よく晴れしきさらぎの朝暖かく袴腰山仄かにけぶる

ほんのりと何の色とも言い難し枯木のけぶる袴腰山

晴れわたる寒空の下午なれば袴腰山麓のみ照る

日輪の輝く寒き空の下袴腰山茫乎としてある

彼岸過ぎ袴腰山紫のいろを帯びしと思えるまでに

雪降りし袴腰山想いつつガラス窓越しに庭の雪を見る

裸木が芽吹き初めしか袴腰山の色づく弥生の空に

袴腰山の頂真っ直ぐに横に伸び枯木綺麗につづく

ふんわりと縹の色のもり上がり袴腰山春になりたり

陰りたる袴腰山点々と桜の花群雲のごとく浮く

晴れわたる弥生の空に猥雑な色の濃くなる袴腰山

雨上がり若葉の色の濃くなりて常磐木目立たぬ袴腰山

午後はやく袴腰山陰りいる晴れたる空を背中に負いて

日に照れる袴腰山それぞれの若葉の色の深くなりたり

いつの間に若葉青葉の整いて姿凛々しき袴腰山

裾の方の若葉の色の柔らかく朝日にけぶる袴腰山

晴れわたる五月の空に確かなる実体としてある袴腰山

路の辺の石に腰かけ休むとき袴腰山緑若々し

眼前にスクリーンのごと広がりて袴腰山色合い変える

やわらかき緑のセーター着ているよう朝日に映える袴腰山

酷暑の夏過ぎて袴腰山を見る平らな稜線優しき形

秋の日はまだ高くして袴腰山の緑に差しいる光

灰色の雲の下わずか色づける袴腰山親しみの増す

あとがき

「黄に明る」を出してから、続いて歌集を作る気はなくなっていました。

身体的には頸椎ヘルニアの手術の後、十年ほどして脊柱管狭窄症の手術を受け、さらに十年ほどして二度目の手術を受け、非常勤で勤めていた老年科精神科病院も辞め、術後のリハビリに専念していましたが、精神的には危うい状態にあって、電子書籍として歌集を出さないかという22世紀アートさんのお誘いを思い出し、お願いすることにしました。

「湖影」「黄に明る」も収録してもらい、それ以後の歌を四つの歌集にし、まとめて出すことにしました。

ありがたいことでした。

「湖影」は昭和五九年から平成七年までのもの。
「あとがき」で
「私の歌は、ただ目の前にある草や木や鳥、川や空や湖になんとかして自分を留まらせたいという願いに過ぎない、いわば自分自身に対する精神療法である。」

と書きました。

「黄に明る」は平成七年から平成十三年まで。

「あとがき」で

「頸椎の椎間板ヘルニアの手術を平成十一年秋に受けました。リハビリ後、誘われてはじめて海外旅行というものをしました。」

と書きました。

「対岸」は平成十四年から平成十八年まで。

はじめての海外旅行が新鮮でその後スイスを中心にしばしば出かけました。

「稲田」は平成十九年から平成二二年まで。

老年科の精神科病院に非常勤で勤めることになり認知症の人を主に診ることになりました。

しかし脊柱管狭窄症が悪化し思い切って手術を受けました。

「社の道」は平成二三年から平成二七年まで。

旅行中スイスの救急病院に入院、それから海外旅行に行かなくなりました。

国内でも山形に行ったのが最後で、狭窄症の手術の後は杖を使って近くの公園に行くのが唯一の楽しみとなりました。

「袴腰山」は平成二八年以降のもの。

平成二八年二月頃チラシで川向こうに能面教室があるのを知りました。

前から関心があったので通うことにしました。

ところが平成三十年の初めから狭窄症の痛みがまたきつくなり、病院は二月で退職し，八月に再手術を受けました。

退院後家の前の道をリハビリのため歩いています。

真向かいに袴腰山が見えます。

著者略歴

藤重　直彦（ふじしげ・なおひこ）

昭和十一年　広島県生まれ。
昭和三十二年　京都大学医学部進学課程入学。
　・回生の冬腎炎に罹患休学。
その後復学して二十八年医学部進学。
昭和四十二年　医学部卒業。矯正医官として働く。

藤重直彦歌集

2023年1月20日発行

著　者　藤重直彦
発行者　向田翔一

発行所　株式会社 22 世紀アート
〒103-0007
東京都中央区日本橋浜町 3-23-1-5F
電話　03-5941-9774
Email: info@22art.net　ホームページ：www.22art.net

発売元　株式会社日興企画
〒104-0032
東京都中央区八丁堀 4-11-10 第 2SS ビル 6F
電話　03-6262-8127
Email: support@nikko-kikaku.com
ホームページ：https://nikko-kikaku.com/

印刷
製本　株式会社 PUBFUN

ISBN：978-4-88877-142-9